U0905813

匿名区

匿名用户 著

江苏凤凰文艺出版社
JIANGSU PHOENIX LITERATURE AND ART PUBLISHING, LTD

图书在版编目（CIP）数据

匿名区 / 匿名用户著. -- 南京：江苏凤凰文艺出版社，2019.8

ISBN 978-7-5594-4006-8

Ⅰ.①匿… Ⅱ.①匿… Ⅲ.①故事－作品集－中国－当代 Ⅳ.①I247.81

中国版本图书馆CIP数据核字(2019)第160175号

书　　名	匿名区
著　　者	匿名用户
责任编辑	孙金荣
监　　制	刘三叔
特约编辑	易家成
策划编辑	王　岚　史曼菲
责任校对	张婉宜
出版统筹	孙小野
封面设计	八牛·设计 34508448@QQ.com 8NEW DESIGN STUDIO
出版发行	江苏凤凰文艺出版社
出版社地址	南京市中央路165号，邮编：210009
出版社网址	http://www.jswenyi.com
印　　刷	三河市金元印装有限公司
开　　本	880毫米×1230毫米 1/32
印　　张	9
字　　数	124千字
版　　次	2019年8月第1版　2019年9月第2次印刷
标准书号	ISBN 978-7-5594-4006-8
定　　价	45.00元

（江苏凤凰文艺版图书凡印刷、装订错误可随时向承印厂调换）

目录
CHAPTER

ANONYMITY

—— 问你一个问题……
—— 爱过。

—— 请说出三条支撑你活下去的理由。
—— 我和三六条，六条让人杠了。

—— 我们奋战，不是为了改变世界，而是为了不让世界改变我们。

ANONYMITY

—— **我身体不舒服……**

—— **开门。**

—— **人生有哪两出悲剧？**

—— **一出是万念俱灰，另一出是踌躇满志。**

—— **真正的英雄主义，就是在认清生活的真相后依然热爱生活。**

—— 问你一个问题……

—— 爱过。

—— 问你一个问题……

—— 爱过。

和成熟女人谈恋爱是怎样的体验

她说："不用了，谢谢，请转告他，我以后不会再来。"

讲讲我的前女友吧，各位权当听个故事。

我有个亲戚跟她在同一个单位，提起她来总是赞不绝口，用词大抵就是又乖又甜，"是长辈比较喜欢的女孩子的类型"。只是那会儿我还没有见过她。

头一次见她是在我去她的单位接亲戚吃饭的时候。那天轮到她在一楼值班，我站在门口等电梯，这期间不晓得别人跟她说了什么，她忽然从电脑后面抬起头嫣然一笑，我呆了一下，心想大概"春风再美也比不过你的笑"就是这样的感觉吧。

我问亲戚要了她的电话号码，约她吃饭，跟她聊天。她不娇气，约会从不迟到，不卖弄学识，也不装傻，我跟她在一块儿聊天总是很愉快。她不会炫耀自己懂得多少或者拥有什么，也不会刻意向你展示她的圈子和资源。据我了解她的亲叔叔是她们单位的“一把手”，她爸爸妈妈在各自的行业都颇有名气，但她的同事朋友们很少有人知道这些。同事提起她来，总是用“那个特别有礼貌的小美女”来称呼，朋友提起她来也都是用“有点小傲娇但是很讲义气”这样的褒义词。

她长得好看，参加国际会议的时候，外宾会主动要求与她合影；我陪她逛街，影楼会问，能不能为她拍张照放在橱窗。亲戚给我讲过一个关于她的小段子：有一次她所在的部门办砸了事儿，从部门负责人到办事员挨个被分管领导疯狂批评。最后喊她进去的时候，分管领导就只吩咐她倒了杯茶，说：“骂了一整天人，看到你笑一笑，心情会好点。”

她并不是所谓的“熟女”“御姐”，恰恰相反，大部分异性跟她相处，会不自觉地拿她当小孩子，不知不觉地哄起她来。但是在我们恋爱期间，她从不跟其他异性搞暧昧。我们可以互换所有社交账号的密码，有时候有异性朋友单独约她，她也会得体地拒绝而不让人感到尴尬。

她从不冲我发脾气。平日里我们各自忙工作，她既不会黏我，也不会“夺命连环 call”或者不断发信息给我。我在跟朋友看球赛、玩游戏的时候，她就会帮我们买好吃的喝的，自己回房间看书或者看电影。有时候我回到房间看见她已经睡着了，我自己心里反而内疚得不行。平时我们之间有什么矛盾她也不会跟我争吵，只会自己憋着，直到我主动去问，她才会用软软的语气分辩几句，让我觉得一切都是我自己的错。

我平日里带她跟朋友一起出去玩，她从不会抢着出风头。但是我见过她既能跟喜欢凸显自己品位的朋友讲《彗星来的那一夜》《四百击》之类的文艺电影，也能跟大家一起大谈“漫威大法好”。我带她去参加有长辈或者领导出席的酒席，她会表现得举止得体；我们跟狐朋狗友一起去吃路边摊烧烤，她也吃得津津有味。有一次我问她：“老婆，你比XXX的女朋友漂亮、聪明多了，看她那么嚣张你不生气吗？”

她就笑笑说：“反正还不是你们男人的主场，你倒是自己争气啊。”

日常生活中，她把每件事都安排得特别清晰有条理：家里收拾得舒适干净，布置得简单清爽；每天早上6:00起床跑步，偶尔平板支撑都能胜过我。

她每天晚睡早起，生活上对自己甚为严苛；她很善良，常常把零钱留给马路边乞讨的人。我开玩笑地说：“或许这个人比你有钱。”但她会说：“我可以通过别的办法去赚钱，但是他们，如果不是走投无路，谁也不会选择乞讨吧。”

我无言以对。

她的字写得特别漂亮，书桌上的相框里放着她不知何时写的一幅小楷，内容是苏轼的一句词：“竹杖芒鞋轻胜马，谁怕？一蓑烟雨任平生。”她对此从不炫耀，但会认认真真地给几位老朋友手写新年贺卡。本地新鲜点心上市时，她会给老朋友们一一寄过去。跟我在一起后，她寄点心也会加上我朋友的份。

我觉得她成熟，并不是说她的年龄大（她才刚过26岁），或者说她身上带有人们印象中的成熟女性所谓“有阅历”的标签，而是源于她那种“润物细无声”的处事风格带给别人的舒适感。她从不逼我上进、努力，但是跟她在一起时，我就是会不自觉地上进、努力；她不会主动告诉我什么是更好的样子，但我会愿意为了她让自己更好。

即使如此，你也从不会觉得她是有经验的“过来人”，反而觉得她像个有点清高，也有点孤单的小孩子。

她这么好，为什么会成了我的“前女友”？

事情发生在去年春节前，我请几位长辈去一家新开的餐厅吃饭。中途有个服务员过来找她，告知她我们今天的这一餐免单了，不仅如此，以后只要是她到这边来吃饭，但凡向服务员报她的手机号码，便都可以免单。我看到她把服务员叫到了我们背后，小声询问原因。服务员说，是他们老板交代的。她再追问老板是谁，服务员小声地说了一个姓。

刹那间，我第一次在她的脸上见到那样的表情。我不知该如何描述，反正是我从没见过的样子。只见她把钱交给服务员，轻轻地说了句：“不用了，谢谢。请转告他，我以后不会再来。”随即拿起包走出了餐厅。

她从来不出错，而这次却连给长辈们一个离开的解释都忘了。

饭后我送大家出去时，顺便去柜台看了一眼。营业执照的注册法人写的是“X 平生”。我瞬间懂了。

因为她不爱你，所以她从不出错。

你觉得你的伴侣不成熟、爱闹小性子、黏人，那是因为她足够爱你。不管她表面上多成熟，在爱人面前总会是一个有点蠢、有点呆、有点情绪化的少女。

我们和平分手。我问她还爱前任吗，她淡淡地说：“爱呀。”我问她爱我吗，她笑，没吭声。我又问她当时为什么会选择我，她说：“因为我爸妈喜欢你。”

坦白成这样，我真的连发火都发不出来，只觉得自己心里空荡荡的。

她聪明成熟，所以看得穿我喜欢什么、需要什么，于是就按照她心里已经拟好的剧本去“表演”，因为不走心、不动情，所以不会出错……在我面前的她大概一直以来就是这样的状态吧。

我还是希望自己能找到一个在我面前“有点蠢、有点笨、有点痴”的姑娘，而她跟我演了这么久的恩爱情侣，大概也很累了。

我祝她幸福。

一个女人若真的爱你，不论她再怎么“成熟”，她的情绪都会有波动、有起伏。她会试图争夺你的精力、时间、注意力；会跟你交流

分享她的喜怒哀乐；会因为细枝末节的事骂你；会同你无理取闹。而她的这些极其“少女式”的行为，才是两个人相爱的珍贵之处。

当然，并不是所有的“成熟女人”都不会真心爱你。其实我想表达的是，爱的感觉是相互的，是流动的。有时候你换个角度去思考，就能够理解她的想法。

希望大家都能找到自己的幸福。

—— 问你一个问题……

—— 爱过。

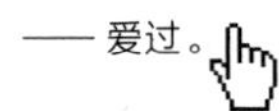

合租一年的女室友突然问我“喝酒吗？”#

这岁月，静好到让我觉得那一年的合租，和那一句“喝酒吗？”都不是真的。

这是一段尘封已久的往事。

2008 年，我 19 岁。刚刚在异国他乡上了半年大学，打算租房。

我去和租房中介见面时，发现他旁边还跟着个女生。我不知道她是谁，她也不明白为什么多了一个人来看房。中介解释说，他手上有一个双卧的房子整套出租，房东急出，租金低，而且私下还会多给中介佣金，所以他强烈建议我们合租，只签一份合同，这样双赢。想到两个人分摊下来的房租比各自单租一间真的高不了多少，且又能拥有厨房、客厅等额外空间，我们都有点动心。只是初次见面，我们尚不清楚对方到底是个怎样的人。中介也明白我们的顾虑，一边带我们看看房间，一边叫我们互相聊聊。

初次见面，我便觉得她有些孤傲——虽然长得很漂亮，表情却不带一点笑意。我见她穿着一身运动短袖短裤，便顺口问她是在上学还是工作。她却只是告诉我，她作息规律，不会昼夜颠倒，还说希望我也作息规律。我问她是否介意我爸妈可能会在短假期过来看我，用水用电会多一点。她说，不介意我的家长来，但如果是女朋友来就会介意，最讨厌“情侣噪声”。我告诉她，我连初恋都还没有过。她又说，以后就算有了也不能挤进来，你们可以换个房子租。我同意了她所有的条件。

就这样，我们成了室友。

处在同一个屋檐下，我们的日常生活很平静。我对她的了解，都是侧面的、零星琐碎的。比如从签订合同时提供的证件复印件上，我了解到她比我大七岁（起初我还不敢相信，明明她看起来和我差不多大啊）；从她晾的几件衣服上，我看到了她所在公司的名字；从那扇总是关着的门里面传出来的声音中，我听出来她有一个男朋友且人在国内。他们常常会视频聊天，有时候一起笑，有时候会争吵。

彼时刚刚出国留学的我，外语讲得还不好，跟周围人几乎是“零交流”，她就是我在异国他乡唯一的心理依靠。我承认我对她有过各种幻想甚至“邪念”，但这些念头都仅仅停留在大脑里。她是个高傲的美女姐姐，我只是个平凡内向、虽偶尔也有些“闷骚”却十分爱面子的穷学生。对那些我自认为高攀不上、撩不动的女生，我从不尝试主动结交，免得在碰了钉子后感到丢脸。

我和她第一次近距离的接触发生在合租半年之后。有一天晚上，我接到她的电话，叫我去她的房间。我进去一看，她虚弱地躺在床上，发着高烧，问我能不能帮忙烧点水，再帮她把从国内带来的退烧药翻出来。在一顿手忙脚乱之后，我扶她起来喝药。她的背靠在我肩上，我的心跳得厉害，不禁萌生出一股冲动……

然而现实中，我还是老老实实地扶她躺下，关上门退了出去……

她请了病假在家，我便逃了三天课陪她。在这三天里，学校有两个计入期末总成绩的测验，我毅然决然没有去。我也没仔细想过值不值得，就是觉得“管不了那么多了”，每天沉浸在烧水、喂药、打包快餐，以及在她不疲惫的情况下陪她聊会儿天之类的日常小事之中。这大概是一种停留在青春懵懂岁月里的满足感……

自那几日之后，我们便熟络了起来。每天晚上她下班回来，只要不和爸妈或者男朋友开视频，就会找我聊聊天。而我也会赶在每天上午或者下午没课的时候，抓紧时间跟我爸妈聊一会儿，只为了把晚上的时间全部空出来等她……

在我的内心深处，对她的感情已经超越了普通朋友的关系。但在现实中，我知道我们不可能。

直到某天晚上，一切都发生了改变。

那晚，她突然来敲我房门并大声问我：“小孩儿，喝酒吗？”我惊讶地说可以，她又说：“那你去买啊！”我匆匆跑去楼下买酒，不知道她喜欢喝哪种，我便买了好多牌子的啤酒，还买了一瓶红酒。回去她看到我，又说：“准备干喝啊？”没等我反应过来，她接着说：

“干喝就干喝。”于是，我们就盘起腿坐在她的床上，把刚买的啤酒红酒摆了一桌子，开始一边喝酒，一边听她向我倾诉。原来之前她和男友一起从这边的大学毕业，她找到工作留了下来，而她男友却更想回国内发展。他们是高中同学，自打高考之后在一起，到现在已经七年了。“七年之痒”名不虚传，“痒”到他们最终分手了——再好的感情也终究没能战胜距离。

说到最后，她就只是一直流眼泪，我们默默地一起喝完了所有的酒。

我很清楚当时的自己没有烂醉，没有“断片”，而是被兴奋和冲动占据了头脑。耳边仿佛只有一个声音：“管他的，能怎么着？”身体不受控制地直接凑过去亲了她。她当然试图抵抗，我当然也没有被推开。我反过去推她，她没有抗拒，轻而易举便被推倒了……

第二天醒来后，我发现自己对她的感觉陷入了一种奇怪的状态。我不知道自己在她面前是该装作什么事都没有发生，还是要尝试正式确立一下情侣关系。

而自此之后，我看到她的机会越来越少。她下了班总是像风一样地躲进自己的房间里不出来。我几次尝试过敲门，或者站在门外随便找点话题聊天，却始终得不到她的回应。我鼓起勇气问她喝酒吗，得到的回复也是“不喝！”上一次喝酒，也成了我们之间唯一的一次坦诚。

租约满一年的时候，她没有续租，搬走的时候也没有找我帮忙。我鼓起勇气做最后的挣扎，当面向她表白，得到的回复是“对不起，你比我小太多了，我们不合适”。

我说：“别把我当成小弟弟好吗？我不介意年龄差距。”

她说：“对不起，我介意。”

之后她就消失了。

三年后，我换了智能手机，有了微信，突然想搜一下她的电话号码试试——竟然真的搜到了她，我们还互加了好友。就在我犹豫以什么话题先开口时，她先说话了，邀请我抽空去她家里坐坐。我按照她提供的地址找到了她家，开门的却是她爸妈。她解释说自己刚刚买了房子，请父母过来住一段时间。与此同时，一只男人的手伸了过来，紧紧地跟我握了一下，是她丈夫。她挽着丈夫的另一只胳膊冲我笑着，三十岁的脸庞，看上去还是那么青春、甜美。

她叫我留下来吃饭，还跟家人讲了好多我们合租时候的故事，说我这个小弟弟特别贴心，特别会照顾她之类，唯独没有提到我听她倾诉的那一晚。我在心里默默伤感，可能我永远只能是她所谓的“小弟弟”了吧。

待饭菜上桌，她问我：“喝酒吗？”

她老公也连忙说：“家里有啤酒、红酒，你平时喜欢喝什么？”我突然心头一颤，仿佛整个人穿越回到那个晚上，但又立刻被拉了回来。

我说：“不喝了吧，我胃不好，医生让我别喝酒……”

就让我和她喝酒的回忆，只保留那唯一的也是最美好的一次吧。

此后，我们便不约而同地保持着疏远的关系。我知道，那个秘密要藏好才不会影响她现在的生活。而我，也藏着那个秘密开始了我接下来的生活。这些年来，我们的动态偶尔会出现在对方的朋友圈里，她知道我结婚了，我知道她有了个可爱的女儿。

岁月静好，或者说岁月各自静好，静好到我觉得那一年的合租，和那一句“喝酒吗？”都不是真实的，而是多次出现在我梦里的场景，被我误以为发生过。

续一

我们当时租住的房子所在的那条路叫“XLOCK”，最后的四个字母“lock”中文含义有“锁住”的意思，我曾经几次跟她开玩笑说：“看我哪天能‘lock’你。”她总是笑笑不接话，不知道她是真的没有听懂，还是不想被我“锁住”。

续二

其实那晚我从便利店买了酒，再到进她房间，始终不明所以，不知道她为什么突然要喝酒。

打开第一罐，她开始很平静地讲她和她男友的事，讲他们由异地恋产生的种种矛盾，整个过程像在讲别人的故事一样平静。直到讲他们刚刚分手了，她的眼泪才像泉水一样止不住地一直往外涌。面对此情此景，我的大脑开始在“递张纸巾”和“借个肩膀”之间艰难抉择，最终令人惋惜地选择了前者……

故事讲完，牢骚发完，酒才喝完一半。她默默地哭，我就默默地递纸巾……我看着她红红的眼睛，好想把她的脸捧在手里，可就是不敢，连借个肩膀都不敢。那时候我心里还幼稚地想着，可能把酒喝光了胆子就够大了吧？便开始埋头快速喝酒……她还担心我喝得太快，问我："我这还有袋从国内带来的热干面你要不要吃？"我坚决地说："不吃了，你说干喝，就干喝。"其实这时候，我心里已经在期盼着喝多了能不能发生点什么。

结果酒快喝完时她说："挺晚了要不你回去睡吧？"我突然觉得，完了，再不行动就来不及了，于是直接凑上去亲吻了她。她应该是害羞和犹豫了很长时间，一直尝试推我，但是却没有生气。于是我抱得更紧了，好长时间之后才感觉到她不再用力抵抗。

我的征服欲到达了顶点。

我像是一个第一次登台演唱的歌手，以前学习的理论和看过的教学视频都在脑海里闪现，却因为不知道该把哪些理论应用起来而显得有些慌乱。

音乐响起，前奏部分我的台风还算合格，我唯一的听众也被我带入了情境。结果刚进到主歌部分就不太顺利了，主要是节奏不好，有时太快，有时又太慢，调来调去把自己唱累了，为了面子还得咬牙坚持。最后，还是这位热情又内行的听众急躁地一掌把我推倒，一路带着我把控节奏，我竟然被她带入了情境。我的眼前出现了一片草原，她是草原上一个酷酷的骑手，而我，就是随她驰骋的那匹小马……

现在回想起来，虽然全程是她带着我，但是最终进入副歌部分

的，可能只有我自己……

时光不能倒退，有的往事真是不好意思回味。

续三

我来捋一下整件事的时间线。前面提到过，我们合租半年左右才熟悉起来，而喝酒那晚发生在第十一个月，又一个月后房租到期，她立刻就搬走了。

接下来写点流水账，就是我们在开始熟悉与喝酒之间的那五个月的一些点滴。

有段时间外边打包的饭吃腻了，她开始尝试自己做饭，并邀请我陪吃，我欣然领命。她每天下班时间是 7 点半左右，于是每到周三周四便苦了我——连续两天中午 12 点到下午 4 点有课，11 点左右吃过午饭后，下一顿就得等到晚上 8 点多。说实话，我真的是在靠毅力坚持着……我也尝试过下午 4 点下课在学校吃点东西再回来，结果等到晚上 8 点多她的饭做好了，我却不饿了。吃得少又怕她失落，只能再靠毅力硬撑着……

总而言之，我坚持要陪她吃饭，因为她下班路上经常会买两杯珍珠奶茶之类的饮料，我们可以一边吃饭一边喝。而每次喝到一半时，她就会跟我说，“哎，我俩换换尝尝”，然后一把把我喝的那杯抢过去，吸管都不换。我也赶快把她的那半杯拿过来，把她用过的吸管咬在嘴里。每天到了这个环节，我都会心跳加速，这种感觉就像在间接接吻，甜美异常。

我们偶尔还会一起逛街（当然是我死皮赖脸要跟着她，以帮她拎包为借口）。逛累了去吃圣代，也总是要不同口味的，吃掉一半便连着木勺一起交换。每当这时，我又会心跳加速，幻想接吻，感觉勺子比圣代还甜……

那时我们学校的音乐社团拉了一个音乐电台赞助，邀请了一些歌手来学校开演唱会。张震岳来的那场，我买到了票，邀请了她。演唱会的谢幕曲《再见》引发全场合唱："我怕我没有机会，跟你说一声再见，因为也许就再也见不到你……"唉，真是巧，两个多月后，我果然没有机会说出那句"再见"，我们的剧情也就那样谢幕了，再见的时候已是三年以后……

后来我们学校办过一次晚会，我报名唱了一首歌，用了《再见》的旋律，我自己填上了英文歌词：

"Looking around this lovely place,

Looking around this lovely face,

Feeling around the happy time flies every day..."

反响还不错，好多人惊叹道："没想到你那英文水平还能押上韵！"还有好多人说产生共鸣了，觉得我唱的是校园里美丽的环境、同学美好的面孔和青春美好的时光。其实没人知道，我写的是她，是我们合租的那个 lovely place，是她那张 lovely face，和我的青春里珍藏的 happy time。

而这首歌，她没听过，直到现在。

续四

最开始我写这个回答时，还心存幻想，想着她有没有可能看到？结果只用了一个月左右的时间就获得了一万多个赞，但依然没有她的回音。

我觉得不用浪费时间幻想了，便直接把链接发给了她，主动觍着脸让她读了一下。我还是特意在白天她上班的时间发的，如果她不想给家人看到我发的内容，回家之前就可以删掉了。

当时我就计划好了，只要她回复我，传达了她的任何感受，我都会贴过来作为这篇文章的结尾。但我没想到的是，她写了好长好长的回复，而且写了好几件连我也是第一次知道的事……我觉得这不仅是个感想和结尾了，应该可以算作大爆料！

我就直接把聊天记录发出来吧（已获对方准许），也代表我这个“又臭又长”的故事彻底完结了……

那些青春过往，就请安静地留在青春岁月里吧！

昨天看完了你的文章，我还跑到厕所里哭了一会儿……到了现在的年纪，感觉提起青春都是奢侈而遥远的，结果竟然被你逼着重新回忆了一遍……好多感慨啊……

好在，就像你的文章所说，我们的岁月各自静好，这样我才坦然，觉得当初不管发生了什么，都没有影响我们的生活。

本来我们团队今天全体加班准备赶个东西，结果我偷偷在电脑前面写了一个多小时回忆录，都是拜你所赐啊……原本想着我自己也回答一下那个问题算了，但是发现下面已经有一万多个回答了，我发点什么肯定也沉了，还不如直接发给你!

那时候你觉得我高冷，我也觉得你高冷来着，每个月水电费单都是你下载了再发邮件给我，我再转账给你……连这种可以当作正当交流的理由，我们都没有好好利用，浪费了可以多做半年好朋友的时间。

后来我们互相了解以后，那种朝夕相处的日子真的给我造成了一点错觉。我有时会偷偷地想，如果那个远在国内、不愿意过来找我、隔几天视个频还吵架的人能定义为男朋友的话，那这个生病了照顾我、陪我逛街看演唱会、吃饭洗碗无话不说的人，竟然只能定义为普通朋友吗？但这也只是我偷偷想想而已，我那时候一直坚定地提醒自己，我的男朋友是我的初恋，我想成为一个初恋就能走到最后的人。而我们之间异地的矛盾，假以时日肯定是能解决的。

所以最后当他提出分手时，我还央求他不要这么轻易放弃来着，我都没想到我会乞求他。当他坚定地告诉我就是要分手的时候，我是遗憾的，绝望的。我冲出房间，喊你喝酒，就是一时冲动和生气，想找你倾诉一下。

但是我现在敢大胆承认，你强吻我的时候，我没有生气，也最终决定放弃抵抗，脑袋里闪现出“给你换个角色”的想法。再加上刚分手，有很大的消极情绪和报复心理，就发生了后面的事。

在我的记忆里，好像不是那晚过后的第二天就不理你了。其实那晚我整宿没睡，一直在想不然就跟你在一起吧。第二天我给我爸妈打电话，告诉他们我分手了，也旁敲侧击地问了一下，如果有个比我小五岁（我都没敢说小七岁）的男生喜欢我怎么办？他们很坚决地告诉我，先不要随便做决定，不要因为分手赌气就立刻再找男朋友。另外，他们更坚决地告诉我，小五岁他们无法接受，还试图劝我说，小五岁，以后交流起来可能有代沟，未来就是我先老了男的还年轻……

所以我犹豫了几天，决定听爸妈的意见去试一下。当我故意不见你、不理你，故意让我们的生活没有交集之后，我发现自己也是可以生活的，你好像也恢复了正常似的。所以我就冷静下来，决定不要耽误你了。毕竟你比我小了七岁呀，一定会找到年龄相仿的好女孩的。就这样，我又开始了看房生涯，很快就搬出了你的生活。

最后说一下我老公吧。你能相信吗？还是那个人。他最终决定为了我放弃国内的工作，过来找我。因为突然来到了英语环境的国家，他很不适应，大学专业知识根本用不上，只能去那些私人学校和 Training centre 教中文。他也承受了很大的心理落差，牺牲了很多。想想我们当时最主要的矛盾就是因为异地，当异地问题解决了之后，我们和好了，一直到现在结婚生子，生活过得很安稳。但是就是因为我跟我老公兜兜转转，中间分过手，我实在没有勇气跟他正式提起你。那一晚的事情在我看来，有一种好像偷偷出轨了一次的奇怪感觉。有时候想，如果在你们两个之后，我又跟另外的人在一起了，至少我可以把你算作第二任男友，讲给现任听吧……所以我们曾经的那几个月真的只能是我一辈子的秘密了。再跟你说一次，千万不能暴露别的信息了！可能当我老了或者是临死前，会跟我老公讲起这段故事吧……

这就是我想说的全部了，再次借用你的那句话，岁月静好。祝你，祝我，岁月永远各自静好吧！

看完了……现在轮到我有点想哭的感觉了……其实我当时写这个帖子的时候，就是单纯地纪念一下青春，洋洋洒洒地按照我的记忆视角就写了。我也完全没有想到从你的角度来看，还有这么多我不知道的故事……

每次在朋友圈里看到你过得很开心，我也很开心。其实我跟我老婆的日子也是挺不错的，就像你说的，我们都好，才能有资格、有胆量去回忆和怀念一下过去。

你写了这么多，也终于让我弄清楚了一些这么多年都没能解开的心结。我现在终于知道你为什么突然不理我又很快“消失”了！最后说句对不住你老公和我老婆的话，当我是开玩笑吧——如果真能穿越回去，或者有平行空间什么的，我希望你有胆量不听爸妈的意见，跟我试一下……

—— 问你一个问题……

—— 爱过。

如果是眼前这个人的话

小纸条里是她生前写下的话：“有时候想想，自己结婚后，要一辈子面对同一个人，真的很可怕。但如果是眼前的这个人的话，我愿意赌一下！”

晚上 12 点多，整栋大楼空无一人，显得格外安静。我驱车回公司拿了点资料，关了办公室的电脑和灯，乘电梯下到一楼，走出公司大门，上车发动引擎准备回家。引擎的轰鸣声甚是好听，这辆车似乎也是我这几年来最值得骄傲的成果之一（说来也可笑）。一般到这个时间，通往我家的那条路就基本没什么车了。车里开着广播，正播放的是苏打绿的《我好想你》，我本来对苏打绿的歌无感，这次却对里面的歌词动了心。

回到家，我顺手开了灯。灯亮的瞬间，我的脑海中闪过刚刚听到的一句歌词：“开了灯眼前的模样，偌大的房，寂寞的床。”不过这次寂寞的不只是床，还有那只饥饿的猫。原本以为它会慵懒地躺在沙发上睡觉的，可它却跑到我脚边撒娇般地蹭来蹭去。一天没吃东西了，它是真的饿了！

我把它抱到阳台吃东西，正看到放在阳台阴暗角落里的那盆“银皇后”好不开心的样子。也是，一整天都没浇水了，本来每天早上出门以前一定会记得浇水的，可今天早上有事走得急，竟然神奇地给忘了。我看过一部电影叫《这个杀手不太冷》，里面的杀手 Leon 的形象深入我心。我倒不是羡慕 Leon，只是对 Leon 的生活方式很是认同。自此我便学他养起了盆栽，想着每天给自己一点希望也是好的。

至于那只猫，不是我的，是她走了之后留下的。

那年我孤身一人来到这个陌生的城市打拼，某个深夜，我和一个刚认识的哥们儿去酒吧喝酒，后来哥们儿有事先走了，我一个人还在那里喝闷酒。直到凌晨 2 点我喝得烂醉，才踉踉跄跄走出酒吧，扶着某条街的某座路灯呕吐不止，最终倒在了那里。

就在这时，恍惚间我眼前闪现了一个白色倩影，她好像在呼唤我。我还以为是《神雕侠侣》里的小龙女姐姐在叫我，可我一直没有醒，直到第二天早上 9 点才醒过来。醒来后我头痛欲裂，猛然发现自己躺在了一间陌生出租屋的沙发上。我下意识地摸了摸后腰，还以为自己被贩卖器官的团伙打了麻醉剂取了器官，不过是我多虑了。

缓过神后，我被左边墙上的一幅题为《面朝大海，春暖花开》的画所吸引。我走过去出神地看着这幅画，画面上的大海很奇妙，沙滩上有一位挥舞着白色丝巾的女孩在奔跑。就在此时，从里屋出来一位穿着一身洁白长裙的女孩，她似乎就是我昨晚梦中出现的女子，只是后面还跟着一个十几岁的小女生。

我和她对视了一会儿，她见我面露疑惑，赶忙解释道："你终于醒了，昨晚凌晨 2 点我去火车站接妹妹，刚好路过火车站后面的那条街，在街尽头的路灯下见你倒在了那里，怎么叫都不醒，昏昏沉沉的。当时我和妹妹好不容易把你扶上了出租车，并带到了这里。"

我回过神对她说："真不好意思，给你添麻烦了。真的特别感谢你，我昨晚喝了太多酒，朋友先走了，然后我……"还没等我说完，她打断了我："好吧，我不想知道原因，你还是先过来吃早餐吧，我刚下楼买的热豆浆和包子。"话说当时我也是脸皮厚，竟然真的好意思留下来吃早餐。吃早餐的时候，我问她昨晚我有没有弄脏她的房间，她说我回来后一躺下就睡着了，并没有再呕吐了。

后来，我们聊到了各自的工作，原来她叫琳儿，是这座城市一家医院的护士，也是从外省来的，到这里工作两年了。我问她为什么半夜要搭理一个喝得烂醉如泥的陌生男子，就不怕是个坏人吗？她给我讲了个故事："小时候，我有一次跟着母亲外出走丢了，一个好心人整整花了两天的时间才帮我找回了母亲。母亲后来准备筹钱答谢她，被她拒绝了。母亲经常跟我提起此事，我想她是在提醒着我什么，所以我一直铭记在心，再加上出门在外谁都不容易，既然遇见了就伸手帮一下。"

接着，她又笑着补充道："更何况你看起来也不像坏人，一身西装革履，一看就知道是个城市小白领。又加上喝得烂醉，你能干出什么坏事？”这时她妹妹笑着补了一句：“其实我姐她是看你长得帅才拉你回家的！”她向她妹妹使了使眼色叫她别胡说，说完，脸涨得通红，下颚靠近颈脖处泛出一片淡淡的红晕，甚是好看！当时我看着她，也在旁边傻笑，心里暗自感叹，我真的遇上了一个好女孩，这是上天赐予我的，我要好好珍惜。

我来这个城市有两年了，遇见的女生也不少，但从来没有像她那样纯洁善良的。我时常深情地望着琳儿的双眸，她的眼睛清澈透明，怀揣着对世界的善意。

“确认过眼神，我遇上对的人。”那一年琳儿23岁，我26岁。

吃完早餐后，我接到了一起去酒吧的那位哥们儿的电话，他问我为什么手机一直没人接，以为我出什么事了，还说有事找我。要跟琳儿道别了。我问琳儿的手机号码，琳儿却不肯告诉我，理由很简单：我如果仅仅为了感谢她，真的没必要留手机号码，只要记在心里就好。

其实我能听出来她说这话时心里的不舍，幸好她有个机灵的妹妹悦儿，似乎看出了她姐姐的心事。悦儿在我出门时塞给我一张记有她姐姐手机号码的小纸条，还故意跟她姐姐说：“姐，你晚上是要带我去看电影吧？”然后我接话道：“琳儿，为了答谢你们，晚上我请你们姐妹俩吃饭，吃完饭我们去看电影。我有车，我晚上6点钟来接你们，就这样定了！”妹妹满口答应，笑得可开心了！琳儿看起来很无奈，好像妹妹出卖了她似的。

晚上6点我如约而至，这次出门前我稍微打扮了一下自己，特意找出了那件多年未穿的紫色衬衫，这可是我最拿得出手的一件上衣。我拨通了琳儿的电话叫她下来，这次，琳儿换了一条粉色长裙。在一楼楼梯口，我看见琳儿好像在数落悦儿，看来她已经知道悦儿出卖了她。看到此情此景，我傻笑了一番。

在车上，我从后视镜看到坐在后座的琳儿有点紧张，悦儿却显得很不高兴的样子。我对琳儿说："你就别怪悦儿了，是我让她写的字条。"然后琳儿勉强笑了笑，说她并没有责怪悦儿。琳儿让我不要去太高级的地方，她们姐妹俩吃不惯，于是我们就很随意地吃了一顿饭。

来到电影院落座后，琳儿有些心不在焉，期间去卫生间接了好几个电话，回来时显得心事重重的。后来我听悦儿说，是她们的父母打来的电话。她们姐妹俩来自农村，家里也只有这两个女儿。父亲患有高血压和类风湿，干不了重活，母亲的左眼因手术失败而失明。琳儿大专毕业后，家里的重担就落到了她身上。琳儿每个月工资并不高，但还要将一半以上都寄回家补贴家用，正在读高中的悦儿的生活费也要她负责。所以琳儿一直抗拒找男朋友，也是这个原因。平日里两姐妹的关系特别好，所以姐姐有什么事都会跟妹妹讲。

听着听着，我的眼泪开始不受控制地在眼眶里打转。我暗暗在心里发誓，一定要给这个女孩幸福，琳儿就是我这一生要守护的天使。琳儿从洗手间出来后告诉我和悦儿，她同事今晚想和她换班，说完就急匆匆地要走。我请求送她过去，她说她自己会叫出租车，并叫我看完电影把悦儿送回家去。

琳儿是个很难追的女孩，因为她心里始终抗拒恋爱。即使她对男生动了真心，也能保持克制。

她是个护士，每个星期的上班时间取决于护士长的排班，她们值班一般是三班倒，有时她会被安排在夜班，夜班一般是从晚上 10 点到第二天早上 6 点。在追琳儿那段时间，我从悦儿那得知琳儿喜欢吃红枣莲子羹，于是每次琳儿值夜班时，我都会在家煮好莲子羹带过去给她喝。刚开始琳儿是拒绝的，她让我不要在她上班期间找她，还叫我以后不要再来了，可渐渐地她也接受了。琳儿后来跟我说，在我追她的那半年里，她的同事经常问我是谁，为什么对她那么好，她只好说是表哥。可时间长了，她们也就看懂一二了。

琳儿在医院是一个特别称职的护士，跟同事关系也很好。我曾听她一个同事说，琳儿不仅长得很漂亮，而且人也很好。每次只要有同事打电话请求跟她换班，她都会欣然同意。在我追琳儿期间，她的同事也帮忙撮合。后来我如愿以偿地追到了琳儿，她亲口答应做我女朋友。那一刻，我感觉自己是这个世界上最幸福的人。

后来又过了半年，我让琳儿搬出了那间破旧的出租屋跟我一块住，并特地为她预留了一间闺房。我还把房间的主色调布置成粉红色，右边放置的依次是衣橱、梳妆台和书桌。对这间房，琳儿也非常喜欢。再后来，我叫她干脆辞了护士的工作，在家好好休息，又担心她一个人在家会很无聊。我知道琳儿特别喜欢画画，所以就偷偷给她买好了画板和画笔，放在阳台一侧。当她看到我买的新画板时，真的高兴坏了，直接冲过来搂住我，吻了一下我的右脸颊。琳儿一向是个内敛害羞的人，这样的举动着实吓了我一跳。

自从有了琳儿，我才真正地觉得这里像个家。每天早上，她都会起来帮我做早餐（有时我也会故意比她早起做早餐），帮我把上班要穿的领带衬衫等都准备好，我上班后她就一个人在家画画看书。那段时间最美好的场景，就是每逢星期天傍晚，我坐在阳台上弹吉他，她在旁边画画，时而回头微笑着看看我。她说我在夕阳下低头弹吉他的姿势特别好看，而且我的吉他声总能给她的画带来灵感。

就这样过了几个月，琳儿开始想念医院的生活。她说她想回去工作。起初我坚决不同意，可后来觉得琳儿说得也对，我承认自己有点大男子主义，但我不该决定她的未来。后来，我尽力把琳儿安排到了市里的一家医院，这样做也是有私心的，一来是这家医院离我们的家比较近；二来是这家医院的护士长是我好朋友的老婆，排班就好商量一些。琳儿又开始上班了，而且她见我每天工作这么累，死活不要我送她上班，还要我送一辆自行车给她，她每天骑自行车上下班就好。

也就是因为这个决定，让我再也不能见琳儿了。

琳儿是个特别有情调的女孩。我记得那一次我生日，白天她准备好了蛋糕和蜡烛，还把家里布置得很有浪漫气息，做了一桌丰盛的晚餐等我回家。那天晚上，我下班一进家门，既惊喜又感动。那晚她穿得格外好看，一身粉红色长裙，整齐的刘海和水灵灵的大眼睛相映衬，令我为之沉醉。琳儿的脸蛋特别好看，因为皮肤好，所以她梳妆台上的化妆品很少，出门也只是偶尔化个淡妆。

此情此景，我再也抑制不住内心的激动，一把抱起她在空中转了好几圈，然后和她深情拥吻。接着，她跑进房间拿出了一幅画放在我面前，画的是夕阳下弹吉他的我。她说，这是她花了两个月的零散时间画的。我拿起那幅画沉默了……那晚，我们第一次发生了关系，她还故作开玩笑状问我："是不是你们男人把女人哄上床后就不会再爱她了？"我亲吻着她的额头告诉她："我一定不会。"

可是，我和琳儿的一切美好都永远定格在了去年八月的那一天。琳儿骑自行车上班，在横过马路时被车祸夺走了生命。

就在事故前一天，我还带琳儿回家见了我的父母。父亲对琳儿很满意，说找个护士做妻子特别好，母亲也说我眼光很不错。看着琳儿和我母亲在厨房里有说有笑的样子，我心里正谋划着如何正式向她求婚。

可是天不遂人愿，车祸把琳儿从我身边带走，我的世界从此崩塌了！那半年，我整天做梦梦见琳儿，白天也经常出现幻觉，可是梦醒后一切又是空的。你见过眼泪从一个大男人眼睛里止不住地流出来的画面吗?

琳儿走了以后，我每个月会寄两千块钱给乡下的悦儿。我想一直这样支撑悦儿读书，直到她大学毕业找到工作。自从琳儿走了以后，家里空落落的，说来也可笑，原本从来不跟我亲热的猫也开始跟我亲热起来。我想，这也许是因为我身上有琳儿的味道吧！

阳台旁边的那个画板上挂着一幅未画完的向日葵，走进琳儿的房间，门口书桌上放着一本《傲慢与偏见》。我拿起书翻开来看，一张小纸片掉了下来。我捡起来，上面有琳儿清秀的字迹：

有时候想想自己结婚后，要一辈子面对同一个人，真的很可怕。但如果是眼前的这个人的话，我愿意赌一下！

琳儿，你走了这么久了，我依然想你。我今晚又要跟那个哥们儿去那家酒吧喝酒，只是，我还能在那盏街灯下遇见你吗？

—— 问你一个问题……

—— 爱过。

她曾是我的老师，现在是我的妻子

从大学到现在，我遇到过好多同龄的非常优秀的女孩，但在我心目中，没有一个能把她比下去。

2001 年，我在老家省会城市某高中上高一。

教我们班语文的某位老师特别能装，每次上课都一直讲“我如何如何懂教育”“我的境界如何如何高”“我教过的学生最后都如何如何牛”，诸如此类。这种老师我向来是瞧不起的，当时年少，对这位老师没有好感，自然她的课就不肯好好上。

有一天上课，我忘了自己当时干了什么事，语文老师点名让我站起来。我就马上站了起来，用一种非常不屑的眼神看着她，因为当时我深深地觉得，这种老师不值得尊敬。

她“奓毛”了:“你那是什么眼神？”

“这就是我看人的正常眼神啊。”

“你那是看人的眼神？”

“行，我看的不是……”

“你下课来我办公室！”

“我现在就去，你继续上课吧。”我摔门而出。

课间，语文老师回到办公室，以一种高高在上的姿态，语重心长、苦口婆心地教育了我一顿，主要内容就是“对人该有的尊重”“看人该有的眼神”“在学校该有的态度”以及“学会这些对我以后的学习乃至走入社会的影响”等等。最后还断言，我以目前的状态发展下去，绝对是连高中都上不完就会被退学的货色。

我当时仍然一言不发，眼里透着不屑，鼻孔里呼出的气息仿佛都带着嘲讽和轻蔑。语文老师忍无可忍了，勃然大怒，“腾”地站起来准备动手。

这时候，办公室里还有一位刚来的实习老师，她年轻漂亮，在包括我在内的众多男生心中掀起巨大波澜。她从办公桌前站了起来，走到我面前跟我对视了大概三秒，说道：“这眼神很有灵性啊，理科一定是你的强项吧？”

当时我的脑海里同时出现这三样东西：后方是我的语文老师暴怒的面部表情、矮胖身材外加油腻的中分短发、吐着唾沫星子；面前是这位实习老师闪着光芒的眼睛、端正清秀的五官、绑得一丝不苟的头发和一身干净利落的教师装束；耳朵里传来悦耳的、带着信任和关怀的声音。

那个画面我至今仍然记得。

我冲这位年轻的实习老师说了句“谢谢老师”，便走出了办公室。回到教室，大家已经沸腾了，纷纷表示“你太牛了，我早就想狠狠地鄙视下语文老师了！”

当时那个学期还剩下两个月，整个年级一共900人左右，我排名650多。而两个月后的期末考试，我的年级排名上升到了第70名左右。后来，我转校，回老家上了高中。再后来高考，我不负老师和家长们的期望，考上了某985理工科大学。

再到后来，我同在省会城市念书的好友联系的时候得知，当年那位训斥我的语文老师在我转校后不到一年就被辞退了，具体原因不得而知。

而那时给我鼓励的那位实习老师，现在则成了我的妻子，并在当年的同学圈中传为佳话。

番外篇一：我是怎么追到她的？

2004年，我大二，开始追求她。某个下雪天的夜晚，我浑身发抖地在学校里的一个公共电话亭向她表明心迹（也不知道当时我究竟是冷得发抖还是紧张得发抖），并且开始每个寒暑假都去她所在的城市看她（当然是以看望老师的名义）。当时她有男朋友，而我只是她众多学生中很普通的一个。

2007年，我大学毕业，她跟她当时的男朋友分手了，具体原因我并不知道。而后过了一段时间，她就在父母的要求下开始了固定频率的相亲。就这样相亲相了3年，在此期间她谈过几个我也记不清了，反正最后都没成。

2011 年，她开始光明正大地以女朋友身份跟我在一起（机智如我，之前都借着师生关系的名义各种了解她的生活状况和内心想法；聪慧如她，在时机不成熟的时候一直都以我们只是师生关系为由委婉拒绝我的表白和好意）。

2012 年，我毕业五年，工作四年，考了教师资格证，读了教育硕士的在职研究生，最后在多个方面申请、打通关系和做好铺垫的不懈努力下进入了她所在的学校工作，我们开始同居。

2014 年冬天，我们领了证。历经整整十年，我们终成正果。

我们现在在准备生孩子。虽然“高龄产妇”等因素让我们对待此事非常慎重，但生活中总是有能带给我们信心和希望的人、事、物出现，让我们备受鼓舞。我大学“毕业设计”的导师，当年生孩子时已经 39 岁，最终生下一对双胞胎，顺产，孩子现在已经上小学了，母子都非常健康。每每想到这里，我就更有动力去戒烟酒，每天保持一定量的运动，每天控制饮食营养的均衡摄入，去书店网店购买各种胎教早教幼教的书来恶补，同时给她做好吃的补身子，给她爱和信心（一如她当年给过我的爱和信任）。

她是我的老师。她曾经给过我的那些教育和影响，就像把肥皂水滴在油腻的水面，让我的内心转瞬间透彻开化。我曾想过即便我最终不能跟她在一起，秉承“一日为师，终身为父”的原则，我也要尊敬和爱戴她到最后。

在我们两人的感情陷入“拉锯战”的过程中，每次听闻她有对象了、家里逼得紧、准备结婚了，我都想过放弃，但最后知道她没有结婚，心里就又燃起希望；每次她让我去找一个真正适合自己的女孩子好好谈一场恋爱，我心里也会有失落、感激、无奈等各种复杂心情交织夹杂，夜不能寐；每次她在书信、电话、手机、网络上跟我交流，畅谈自己的想法，吐露自己的心声时，我又慢慢明白了一个女人对一个异性毫无保留的信任意味着什么……

从大学到现在，我遇到过好多同龄的非常优秀的女孩，但在我心目中，没有一个能把她比下去。

番外篇二：婚后生活

“XX 老师，你喜欢男孩还是女孩啊？”

“XX 同学，你怎么跟老师说话呢？”

“老婆咱们生个孩子吧。”

“嗯。”

她的身份于我而言，老师的成分更多于妻子。结婚不到一年，我基本没听她叫过我几次老公，平时称呼我都是“XX 同学”。我们在学校基本不打交道，如果偶尔工作需要有交集，她就直呼我的名字。

我称呼她就比较简单了，不管是在家还是在学校，直接叫她“XX 老师”就行，偶尔叫她“老婆”“亲爱的”，一般都发生在岳父岳母家。

居家旅行，职场情场，她都给了我恰到好处的引导，生活不能更惬意。

对这一切，我充满感激。

—— 问你一个问题……

—— 爱过。

我以为我们只需一夜，没想到这样过了一生

——“答应我，做我女朋友好不好。”

——“难道我不是吗？我以为我早就是了。”

2013 年 11 月，周日，我在某本地群里寻找羽毛球友时，一个小姑娘蹦了出来。当时的我，在国内有一个虽然感情不和但尚未分手的女友。恰好，“颜值”显然比我高了不止一个档次的男邻居也想学羽毛球，于是我约上了他周三一块儿去。

我和她都绝不属于第一眼能够给人留下什么深刻印象的人。我原本算是男生当中比较油嘴滑舌、善于讨女性喜欢的类型，不过在高颜值男邻居的光芒下，我的话痨属性大体上也被掩盖过去了。更何况他们俩都已经工作了，就只有我还是穷学生，不出所料地，两人很快攀谈了起来。除了羽毛球教学时间，我与她的交流并不多。

在运动方面，她算是个很有经验的女生——在校期间进过院篮球队，毕业后又去上了网球班。在业余女网中，还算得上是个拿得出手的网球选手。教她打羽毛球时，我时不时地忍不住笑起来，因为看她打羽毛球，总觉得像是在打网球似的——羽毛球需要单手持拍，双手自然地大开大合，接球时脚步轻盈移动，而她的左手总是离球拍很近，接球时脚步拘束，似乎是在努力地把一个小铅球打回对面一般。

在断断续续的交流中，我逐渐了解到，她在工作多年以后决定参加公司的借调项目，便一个人去到德国母公司（也就是这里）工作了三年。一个三十年从未离开过家、一离家就来到德国这片举目无亲的土地的上海姑娘，笑容背后有着许多艰难苦涩。恰好，我是个经常会给初来乍到者尽可能地提供一切无偿帮助的老留学生，在本地扎根已久，少不了给她帮上点忙。我还去她家做过一顿饭，帮她改善改善伙食。

刚和她发生关系的时候，我正处于人生最低谷：和第 n 个女友第 n 次“闪分”。某位前任在我生命中留下的阴影始终笼罩着我，“我这辈子再也找不到比她更优秀或者比她更爱我的女人了”这个想法不断地自证着；20 岁开始持续数年的迷茫期恶果累积到了积重难返的地步；25 岁“高龄”时更是面临着本科肄业，以无学历身份灰溜溜滚回国的恐怖前景。在当时的状态下，父母对我都完全丧失了信心，每天除了逼着我花一个多小时和他们视频，对我以火上浇油之势进行质问，引发争吵以外，并没有给我任何积极影响。

这个时候的我想要找到一个支撑点，让我的生活能够不至彻底

"破罐子破摔"，能够精神稳定地继续向前走，把我的本科顺利读完。最终我找到的这个支点就是，至少我还擅长泡妞。

和她发生关系的第一天晚上，我明确声明，双方只为当下需求，不承诺未来。

然而之后发生的种种，却渐渐地让我们之间的关系产生了微妙的变化。她三十周岁生日的前一天，我以朋友的身份给她买了生日礼物，做了顿好吃的。吃完，我们俩坐着一起看电影，然后"滚床单"，翌日早晨各奔东西。

那段时间，我经常在她家和另一个朋友家流连，很少回自己的住处。大年三十，原本打算在另一个朋友家过年的我，由于和朋友闹出了点不愉快，直接跑到她家里去了。她照例接纳了我过夜。第二天，她去上班，而我度过了人生中最不愉快的一个春节。在反反复复跟我爸妈道歉，得到的仍然是"你究竟什么时候能毕业？"的质问时，我几乎要疯掉了。我浑浑噩噩地改了半天论文，然后老老实实地滚去做新年的第一顿晚饭，心思潦草地等着她回来。

很久以后我们聊过那一天的场景，她的记忆是，回到住处时，看见灯是开着的，对大年初一在异国冷着脸硬着心独自忙碌了好几个月的她来说，一股家的温暖涌上了心头。

而对那一天，我的记忆则是：她一边安慰着我，一边为我爸妈开脱。她作为一个外行，帮我想主意，陪着我骂我导师（我的导师是个博士生，说实话水平不太行）。我们坐下来吃饭，长期以来，我第一次觉得自己情绪稳定。

在这之后，我们谁都没有多要求什么。我日复一日地在她家住下去，写论文之余也会买菜，做饭，收拾房间，和我爸妈吵架。她下班回来则会监督我的论文情况，毫不留情地指出我当时的一些问题，把我批得狗血淋头。但与我父母不同的是，她会就事论事，指出问题所在，却并不给我一丁点额外的压力。虽然她说是因为她作为“局外人”，没有我父母那么大的压力，可是当时，我最需要的就是这么一个关心我的“局外人”。

我一直以为，自己如果能够再次遇见真爱，一定还是某位前女友那样的，品位优秀、才思敏捷、古灵精怪，在爱我这件事情上几乎奋不顾身的类型。可是她并不是这样的一个人。她读书不求甚解。同样的一本书，读完以后我可以概述其脉络，谈我喜欢这本书哪些点，不喜欢哪些点，谈情节，谈人物，谈书里提及的理论，谈理论的合理性与不合理性。而她却只能目瞪口呆地盯着我，时常表示：“咦？书里还有着这段，我都不记得了。”

感情方面，她在认识我之前只经历过几次暗恋、几次相亲，单纯到了极点，特别容易满足，轻易就能露出傻傻的笑容。在她上演了“情场老手爱上我”的戏码好长一段时间之后，我问她：“你到底是怎么做到的？”

她则反问我：“不对，你是情场老手，应该是我问你，我到底是怎么做到的？”

这种“天然系”妹子的杀伤力……真的很大啊……

和她同居近一个月后，有天我在两人一起洗澡的时候，忽然搂着她，说："张小喵，我想反悔。我不要你做我的情人了，你做我女朋友好不好？"

她笑了一下，说："难道我不是吗？我以为我早就是了。"

这小妮子蹬鼻子上脸啊！

"我不知道自己是从什么时候开始默认了你是我女友，但我从未正式提出过啊，"我顿了一下，说道，"而且你知道，对我而言，'女友'这个词和'未婚妻'是类似的，意味着我将对方视作配偶候选人，不郑重不行。"

她笑靥如花，对我说："好，我答应你。"

我毕业论文彻底交稿并拿到本科毕业证时，正是四月艳阳天。煎熬了整整四个月的我和攒了好久假期、蠢蠢欲动的她，决定来一场说走就走的骑行。那是我第一次自主规划骑行路线，路线安排得几乎只能用"bullshit"来形容。我们骑着自行车上高速，翻重山。每天为了能够住进预订的旅馆，再苦再累都得硬着头皮往前骑。有天傍晚，她实在是累得完全透支了，在平地上走着走着就摔了一跤，手上磨破了皮。我心疼地先哭了出来，比自己受伤还难受百倍。她看见我哭，也笨拙地扑进我怀里哭了起来。

这个姑娘跟我在一起之前，几乎从来不肯在人前落泪。跟我在一起以后，她却流了好多好多泪，开心的、幸福的、委屈的、难过的，一颗一颗落在我心里。

正当我自责没有照顾好她，没有安排好路线，让她受了那么多委屈的时候，却听见她呜咽着说："好不甘心啊，感觉自己一直在拖你的后腿。我好不甘心啊！"

我很难描述自己当时听到这句话的感受。从她答应做我女友的那刻起，甚至早在那一刻之前，我都无比急切地渴望要保护她，给她幸福。但同时我又深深知道，她首先是一个独立的人，一个非常优秀的人，一个非常要强的人；其次，她才是女人，才是我的爱人。她的心里藏着一个不因外界逆境或是顺境而改变的、无比美丽的内核。在那一刻，我决定要尽我一切的努力娶到她，给她幸福，也让我自己幸福。

再后来，我们就结婚了并幸福至今。与她相知相伴的每一分、每一秒，都是那样的美好与珍贵，让我想"无所不用其极"地把它们记录下来，以便能够把我们共同的生命之书一遍一遍地翻阅。

—— 问你一个问题……

—— 爱过。

 # 明明是我先认识他，现在我怎么变成第三者了 #

——“当初不是你说要分开的吗？”

——“你不是也没挽留吗？”

我今年四十一岁，他比我大三个月，我们同村长大，两家房子只隔了几排。

在我们那个村子里，家家户户都很熟，还经常有姻亲关系，譬如我二表姐就嫁给了他表舅家的哥哥。

村里长辈看着我们长大，我们小学在一个班，初中到镇中学上，离家也不远。大家都是附近各个村来的孩子，初一的时候同学还挺多，上着上着就越来越少，学习不好只能回家种地的孩子天天都有。

而我和他都是老师最喜欢的“尖子生”，天天被表扬，轮流当第一。村里人都以我们为骄傲，全镇都知道第一第二永远都是我们村。

但我是用功型选手，他是天才型选手。从那时候起，就有人天天开玩笑让我们两家定亲。

我们都是家里老幺，我上面有四个哥哥、两个姐姐，爸妈生我纯粹是因为农村人那时候不懂避孕，有了就生；他有一个姐姐、一个哥哥，他爸妈生他时岁数很大了，因此，他是集全家疼爱于一身的孩子。

我努力学习是想摆脱贫困的家庭，而他学习不怎么努力，但他就是懂，就是脑子比一般人聪明一些。

在那个年代，中考就是一次选拔，学生按照分数由高到低可以选择不同的中专，像我们两个这种五百多分的可以去当时最好的师专和医专，毕业就能直接分配到学校或者医院。

但是我有个大学梦。在那个年代，大学生还不普遍，尤其是在我们那种小地方。

后来，全校继续上高中的只有我和他。学校在区里，我交不起宿舍费，他也不想住校，每天便自然结伴来回。

为了方便上学，他家里给他弄了一辆“二八大铁驴”，骑车半个多小时也就到了。“大铁驴”没有后座，只有前面一根横杠。于是我们村里无论是早起干活的人，还是傍晚在外面纳凉的人，总能看见他骑个大铁架子上下学，俩胳膊中间夹着我。

这种场面不被起哄是不可能的，小孩看见了都在后面追着跑。全村人都说我们像两口子，说他好福气，我们家三个女儿都眉清目秀，只剩最后一个没出嫁的，让这小子得了便宜。就连他爸妈、他哥哥姐姐看见我都开玩笑说，要不你以后就嫁给我们老三吧！他爸爸到我们家串门的时候还说过，干脆结个亲家。

每次遇到这种情景，我都会羞得满脸发热，他就在旁边咧着嘴，露出一口白牙，笑得跟个傻子似的。

现在这段路开车往返就很快了，但是当时土路更多。夏天白天长倒还好，到了冬天，早晚都很黑，我就有点害怕。因为我经常胃疼，他冬天早起出门都会给我带一玻璃瓶的热粥，路上放在我怀里暖胃，怕我着凉，塞给我的时候还常说“婆婆给你做的”。

有一回晚上天太黑，他骑车压到石头上，颠起来了，车子失去平衡。摔出去的一瞬间，他的手不是条件反射地准备撑地，而是护住我的头，最后我没受伤，他头上却磕出了一个血口子，留了个疤。

他很聪明，高中数学考试每次都接近满分。我却自觉智商普通，就是肯下功夫死读书而已。

我家里人太多，晚上永远是乱哄哄的，我有时候会跑过去找他，因为他自己有一间屋子。有时我们各自看着书，偶尔抬起头相视一笑，觉得分外美好。

他也常来找我，以送各种东西为借口。我们全家热衷于留他吃饭，只要是到了饭点他出现了就不让他走，不管桌上放的是啥他都会说好吃，其实我知道，我们家寒酸的餐桌跟他们家的条件压根儿比不了。

周末我们一般也没什么娱乐，冬天我会早起去他家田里，看他帮他爸爸掀开塑料大棚的草帘子，日出的光打在他身上。在我还离得老远时，他从高处看见了就会挥着胳膊喊我。有时候，他带我去冻得结实的小河沟里滑冰，有一次带我去大河堤边坐下，花半个小时凿了个窟窿，像模像样地钓鱼，最后却连鱼的影子都没见着，还傻乎乎在冷风里偎着坐了一下午。

其他季节就好玩一些，我们有时候去地里摘野草莓吃，有时候爬上他家大棚，并排躺在上面，看着黄昏日落，互相问问题，畅想长大以后的事。有一回我从大棚上下来时没踩稳，直接踩到塑料上，把他们家大棚戳了一个洞，导致这一大条的塑料都要换。我很害怕，他说："没事没事，我就跟我爸说是我踩的。"

高二暑假有一天晚上，他家大狼狗找不着了，他心疼地到处找，第二天早上 5 点起来继续转着找。我起来时发现他在街上，神情呆滞，絮絮叨叨地说狼狗是他从小养大的，现在丢了怎么办。我一边劝他，一边陪他一起转着找，走到邻村才发现他的狼狗和一只母狗很悠闲地趴在一起，他喊都喊不走，把我给笑惨了。

高考的那一年，所有同学压力都很大。距离高考还有两个多月的时候，班里一个个子很高的男同学扛不住压力跳河自杀了。我们提到那个男同学时总是很惋惜，不能理解为什么他仅仅因为高考压力，这么年轻就选择自杀。况且他还是家中独子，家庭条件也好，又不是非得走上大学这一条路不可。何必呢，心理承受能力太差了吧。

直到我第一年高考落榜以后，我才理解了那个男生的绝望。从此以后我也明白了，永远别在自己没亲身经历过的时候评价别人的痛

苦。哪怕你也经历了同样的事，不同的人感受到的痛苦也有轻重大小，真的不要对别人评头论足。

最终他考上了天津大学，我离分数线只差五分。所有人都没想到这个结果，因为我平时很稳，高考的时候也没觉得自己发挥失常了。在一番痛苦的抉择后，我选择了复读。开学之前我送他到大学报到，待了两天，我们还在校门口合了影。

他到车站送我回家的时候，我坐在绿皮车里向外看他，他热得满头是汗，还不停地叮嘱我以后自己一个人住校要注意什么，说他等着我。

他说什么我都笑着点头答应，等车开走了看不见他了，我的眼泪就下来了。隔了这么多年，我还能分毫不差地回忆起那种苦涩的失落感，就像我坐的火车驶向了和他完全不同的人生轨道，从此再难相交。

回去复读后，我度过了无比煎熬的一年。他走了，一切都剩我一个人了。我开始意识到我过去有多依赖他，自己好像什么都做不好。进入小一届的班级上课，老师也都不是原来的，感觉环境很陌生。我压力倍增，成宿失眠，想着干脆不睡了起来学习，又头疼得想吐。那一年，我的身体出了很多问题，经常情绪失控，甚至有了自杀的念头。他每月给我写信寄到学校，每周日晚上给我打个电话，说的都是鼓励的话，但是我听着特别刺耳，老是冲他发脾气，然后内疚，压力越发的大。

高考又来了。可是这一次，还没考试我就知道自己完了。放榜的结果是，我差了 14 分，还不如第一年。从此我便再也没有学上，也没有像当初选择中专能得到的那样好的工作机会了。我整日萎在家里哭，不吃饭，生病，谁劝都不行，感觉未来就是一片昏暗，无路可走。

虽然当时还不懂“阶级”这个词，但简单的现实摆在我面前，我觉得自己以后永远都配不上他了，也没有勇气再复读第三年。

我萎靡了很久，原来有希望上大学的时候我是父母的荣耀、村里人的骄傲。当他们知道我什么都考不上以后，所有人对我的态度都变了。父母看我在家吃闲饭觉得别扭，唠唠叨叨，村里人也都把我当成了茶余饭后的笑柄。

他的父母对我的态度也有细微的变化，表面上和以前一样，但我总觉得他们的笑容有点僵硬。我心里明白，他们想必也觉得我配不上他家儿子了。

我在市区里的超市工作过一年，后来附近工厂招审计，托了关系，才进去了。

但我心态失衡得厉害。他放假回来，身上带着大学生特有的那种朝气，和对知识一如既往的渴望，每天过的是新鲜充实的大学生活。而我，已经在枯燥繁杂的工作中，失去了对生活的热情。

生活好像一潭死水，只有他能给我带来波澜。他给我讲大学里的生活，各种趣闻——室友们都来自哪里，谁呼噜声太响等等。我很爱

听他讲，想贴近他的生活，可是最后总是莫名其妙地冲他发脾气。我知道我不是生他的气，我是恨自己，总觉得自己在他面前低了一等，害怕他充满希望和前途的未来根本容不下我。

我也会害怕他爱上别人。每天有那么多年轻开朗的女大学生在自由的大学校园里行走，而我已经被一个小圈子圈住了。

我害怕失去他，但是我用了最笨最蠢的方法——无理取闹，过度敏感，不断试探他忍耐我的极限，想以此证明他还爱我。

我表达能力实在有限，也说不清楚我们之间到底发生了怎样的变化，总之他肯定也觉得我慢慢变得不可理喻了。

后来越和他相处，我越能明显地感受到我们的圈子不同了，接触的朋友都不同了，思想、眼界、处事方法、知识水平全都不同了，一切都不一样了。我们变成了两种人。

他也是太争气，因为本科成绩好，又到北京的一所大学读研究生了，是一所很有名的 985 大学，我不知道当年有没有这个叫法。

我等了他五年，五年异地，这期间经历了各种辛酸、冷战、争吵。我压力大的时候，病了，难过了，他都不在身边。而他面临的困难，导师给的压力，要做研究的那些东西，我都不了解，也分担不了。

其实我早就明白，他毕业不会回来了，跟我在一块儿就是在拖累他。至于以后把我带过去，更是痴人说梦了。他心里应该也明白的，只是我们都舍不得说结束。

到了最后，还是我提的分手。一个农村出来的学生，像他那样通过学习改变了命运，太不容易了，我放他无牵无挂地走吧。当时觉得这样选择我也解脱了，分开对彼此都好。

他问我想好了吗？

我说想好了，这样下去谁都痛苦。

他就没再挽留。

他一直读到博士，毕业后留校任教，我们也各自在自己的圈子里组建家庭。他和同校的一个北京姑娘结了婚，我在本地相亲认识了我丈夫。

总有人说，不能理解为什么会有人放弃深爱的人，选择和认识没几个月的人结婚。可我就是如此啊！我当时相了很多亲，一个都没看上，介绍人都震惊了，问我到底想要什么条件的？到了我丈夫（现在的前夫）这里，我爸拍着桌子冲我吼，唾沫星子恨不能飞到我脸上。

“你到底想干啥！从小到大你想上学我供着你上了，什么都依着你了，你现在都多大了！搞对象还这么挑！这个小伙子长得精神，父母都是公务员，婚房都在市区里买好了，你还想干啥！你想把我气死啊！等你再大几岁，二婚的都不要你！”

不是他们条件不好，就是“曾经沧海难为水”罢了。是啊，我还想要什么呀，既然不是他，跟谁结婚不是结呢。

我前夫是个工人，婚前我只觉得他老实、人好，婚后才发现他嗜赌，打麻将玩得很大，而且上瘾，玩到兴起经常凌晨一两点才回家，也不洗漱，倒头就睡，沾染了一身牌桌上的烟气。

因为这个问题，我们冷战热战无数。其实他其他方面还算好，但可能是我智商情商都不高，不会聪明地解决问题。结婚数年，一直磕磕绊绊，最终只好协议离婚，女儿跟我。

而这期间我和他并没有完全断了联系，因为父母家离得太近了，过年过节难免碰到，有机会我们就一起走走，聊聊彼此的家庭、工作、孩子，很少回忆过去。

我还看过他儿子的照片，小小年纪就戴着眼镜，看起来就很聪明的样子，想必和他一样。

他问我过得怎么样，我从来都说好，报喜不报忧，尽力让脸上的笑不带着苦意。我不知道我为什么不想让他看到。

我刚离婚不久的时候，一天晚上食物中毒，吐到虚脱，凌晨三点多被女儿叫的救护车拉到急诊。他的大姐是医院的护士，正值夜班，看见我路走不稳，让女儿搀着，头发乱糟糟，估计脸色也是差得吓人，衣服上还粘着呕吐物，这副模样实在是太惨了。我叫了她一声姐姐，也不知道她那一瞬间脑子里想到了什么，竟脱口而出："弟妹啊，你怎么了！"

我的眼泪"唰"的一下就下来了，原来不是只有我还记得。

输了两天液，我基本好了，他却来到医院看我了。可能他姐姐也对我们的经历唏嘘不已吧。他把我从医院送回家，还给我做了顿饭，粥熬得很烂。

我想起了很多事，像高中冬天漆黑的早晨的玻璃瓶那样的事。

他问我怎么会离婚，你不是一直都说自己过得很好吗。我当时心理太脆弱了，忍不住全都告诉他了，包括我还遭遇过家暴。

他听完紧紧抱着我抱了很久，我感觉到他也流泪了。

从那以后，他每隔几个月便会回来看看我，虽然也不会发生什么，但我知道这可能就是“精神出轨”。说实在的，我也很痛苦，因为明知道身边这个人永远都不可能是我的。连和他吃个饭、散散步这样的事，我都充满了负罪感，怕被熟人看到。

有时候也会想，明明是我先认识他的呀，从还不会说话那会儿就认识了，是我们先私定了终身，现在我怎么就变成“第三者”了。

有时候又想，只有领了结婚证的两个人才是合法的夫妻，你说你们以前经历过什么，说过非他（她）不嫁（娶），有用吗？你们现在这样算什么？你不是昧着良心做着不道德的事吗？

我没问过他妻子知不知道我这个人的存在，其实他妻子根本不用担心，和她那样的人比，我一定相形见绌。他还念着旧情，也不过是因为，我是当年墙上的一抹蚊子血，现在变成了他心头的一颗朱砂痣罢了。

我们根本已经是两个阶层的人了，也许差得更多。偶尔见一面还好，如果每日朝夕相处，他恐怕很快就会发现我这个人粗陋不堪。

我们能一块回忆过去，但是不能共同面对现在和未来。我深知这一点，可是我离不开他。有时候也会想，如果当初我就是死扛着不分手呢？如果当初我再努力一点，多考五分，至少有个大学上，人生境遇会不会完全不同……但是一切都晚了。

2014 年我要做子宫切除手术，从住院开始他就一直在陪床。我不知道他是怎么跟家里人说的，但那一刻，我就是自私地觉得我需要他。当我做完手术被推出来时，整个人居然是清醒的，只是莫名感觉到刺骨的冷，张着嘴却说不出话来，只能勉强挤出一点声音。他把耳朵贴在我嘴边听，还是听不出来我想说什么，急得直叫大夫，求大夫看看我这样是不是因为太疼了。

半睡半醒的时候，我听见他和我的女儿说，以后要对妈妈好一点，她身体不好，又做了这么大的手术，以后你一定要听话，不能惹她生气，她不能生气……

做完手术，我的身体元气大伤，恢复得很慢。有一天晚上我又情绪失控，拿起手边够得着的东西往他身上砸。他不明白我突然怎么了，就上来抓着我两个胳膊不让我动。我让他“滚”，说不想看见他，以后永远不想再见到他。

其实还是恨我自己，他在这照顾我，我就总有种冲动，想马上逼他在我和他妻子之间选一个，可理智又告诉我不能这样做，这种想法快把我逼疯了。

他痛苦地看着我说，当初不是你说要分开的吗?

我说:“你不是也没挽留吗?”

他说:“我以为是你身边有了合适的人，不愿意等我了，我怕耽误你。”

他现在当然可以说他也是为了我好，我也不能怪他。我们都选择听从理智，害怕奋不顾身会输得一无所有。

他前年去了美国，半年后把妻子儿子也都一起带去了。儿子要在美国上中学，他去之前说，他不会定居在那边，过两年等儿子适应了就回来。

他走以后，我没跟他打招呼就删了他的微信和其他所有的联系方式。反正怎样都是痛苦，何必再让大洋彼岸的人牵动我的喜怒哀乐。他偶尔通过验证消息或者邮件问我过得好不好、身体怎样之类的；说他想起我就心疼，让我懂事一点，照顾好自己，按时吃饭。我看到后也会开心一会儿，随后又会心酸，但还是会翻出来反复看，却从来不会回复，像个精神病人一样，独自对着手机，或笑或哭。

我现在四十出头了，还没有活明白，不知道自己到底想要什么，只知道现在的生活肯定不是我想要的。我觉得自己大概率是抑郁症患者了，但又不想吃药；有时候想健健身，办了张卡，又坚持不下来；有时候想振作一下开始新的生活，又不知道从哪里入手改变；除了他，我也不会再爱上别的人。

我总想把希望寄托在女儿身上，又觉得不妥，因为女儿的一生是她自己的，不应该背负别人的希望。四十岁这个年纪，应该算是女人的一个分水岭，自此以后，变大妈的变大妈，修养好的可能会增添更多成熟优雅知性的气质。

而我呢，身上大病小病越来越多，整天与慢性疼痛为伍，因为胃病瘦得干瘪，照镜子时常觉得自己像将残的花，从未真正开放过，已然行将凋零了。总盼着女儿快点长大，等她成熟独立了，我也就可以不用坚持活着了，身体出什么问题也不治了，顺其自然死掉就好了，也许清明的时候他会给我带一束鲜花。

我当初所处的环境，如果有个明事理的长辈能给我一点指引，也许我那段感情就不会失败。但是他们都在说："你们离这么远不可能结婚，你最好趁年轻赶紧在身边找个条件好的嫁了，你再耽误自己，这辈子都不行了。等到他以后学成了再看不上你，你一生就完了。"

我也是自卑敏感，自怨自艾，在感情上也不成熟。想来那时候还是年轻吧，后来很多事明白了，不再放大自己在感情里的痛苦，更知道设身处地为对方想，可是一切都回不去了。

其实偶尔想起从前，觉得自己还是幸运的，在情窦初开的年纪就被他用心爱过，否则我很可能随随便便就被一点小恩小惠骗走了。

李宗盛写过一首歌叫《当爱已成往事》，张国荣也唱过，歌词我句句都能听懂。

李宗盛说过："希望你们能听懂我的歌，却不用像我经历这般多。"

我也多么希望我的一生可以这样啊。

—— 请说出三条支撑你活下去的理由。
—— 我和三六条，六条让人杠了。

—— 请说出三条支撑你活下去的理由。

—— 我和三六条，六条让人杠了。

你真的相信男朋友“出差”去了？

我放大了蛋糕图和腰窝图，看到了熟悉的宾馆环境。我给自己倒了一杯水，想着下一步该怎么做。

Miss Anonymity

讲一个推理小故事，和各位分享。

我的前男友是一个身材、长相、学历、收入均尚可的男生，这个故事发生在他毕业的第一年。彼时他刚刚入职一家大型国企，内有叔父举荐，外有专业素养加持，前途看似一片大好。

我们在一起也有两年多了，大体看来各方面都没什么不妥，唯独一点也是最严重的一点就是，他不太老实。

这个“不太老实”怎么解释呢：

我们在一起的时候各方面没什么大问题，三观契合，兴趣相投，

既可同去偶像的演唱会，也可同去隐匿于市井窄巷的酒馆。我们也时常结伴出游，曾登五岳访名山，也曾趁花季泛轻舟。彼此父母皆知礼明事，是亲戚邻里都祝福的一段姻缘。换句话说，现在也到了择良辰待吉日，领证办酒的阶段。

但是我们不在一起的时候，他玩的花样就有些多了。

我知道他是某交友 App 的深度活跃用户，只是我一直在自我安慰，也一直觉得他“有贼心没贼胆”。说起来我也未曾发现过他有任何“不正当交友”行为，所以关于此类话题，我们从来没有正面交流过。

直到那次发生的事情。

某个周五，他告诉我他要去某省会城市参加一个会议，周五下班以后出发，因为会议时间定在周六早上。周五下午，他乘六点多的高铁去了该省会城市，我没多想，以为这只是一次简单的出差。

他走的时候，将购买火车票的手机页面截图发给了我，我看到他的手机电量还剩 60%。

一个半小时的高铁很快抵达，大概八点，他在去宾馆的路上和我报了平安，接着告诉我手机没多少电，不多说了。

接下来我去忙自己的事情，晚上十一点睡觉前给他发了“晚安”，他没有回复。我有点疑惑，他平时不会这样，我猜他大概是在洗澡，没多问便睡了。

一夜无梦。早上七点我醒来看手机，看到了凌晨两点半他给我回的信息，果然说去洗澡了没看到，让我好好睡觉，做个好梦，还有“晚安”和“么么哒”的表情。

早上七点半我回复他：“什么时候回来呀，票买好了吗？”

他回复我一张截图，我看到他手机电量还剩 22%。

我记得他昨天下了车就说手机快没电了，现在电量从 60% 到 22%，看起来像是一晚上没充电的样子。

但是我很清楚，他平时很介意手机电量低，睡前也有充电的习惯。

还有，这个平日里特别贪睡的人，半夜给我发“晚安”和“么么哒”，还附有标点和表情，说明凌晨时分他还没休息，看起来还比较清醒。如果是半夜醒来他会继续睡觉，因为他回复信息的状态不像是刚刚醒来，所以我猜半夜应该是发生了什么事情。

外出开会，难道不应该是吃了晚饭、刷刷手机就早点休息吗？这本该是没有夜生活的一晚。

我猜，他昨天下了车以后可能有一些忙碌的事情，使他没来得及给手机充个电。

从 60% 到 22% 的电量变化，有可能是由于他忙着做事不着急充电，或者压根儿没用过手机，对剩余电量比较有信心。

早上七点多的时候，我想到这些，觉得事情开始有趣了。

没错，我猜这个小伙子昨晚应该过得不太简单。

我不愿意被蒙在鼓里，也不愿意揪着对方问个不休，所以我决定

自己动手。

我打开电脑，查看了他所有的社交动态——朋友圈没有更新，微博已经弃用了三年，QQ 空间早就关了，我有点无从下手。

然后我打开了某问答网站，点开他的头像，发现个人资料没有更新，但隐约感觉到一丝异常。

关注他的人数多了一位，他关注的用户数量也增加了一位。

我按照通常的习惯倒序查找，没有找到陌生的用户 ID。往下滑了一页，才看到一个用自拍当头像的姑娘。

事情发展到这里我就明白了，他最近和这位姑娘互相关注，但是故意把这位姑娘藏在了许多已关注很久的用户前面。简单来说，就是他倒序“取关”了二十来个用户，然后关注了这位姑娘，接着再把取关的用户一一添加回来。

我们都有看彼此动态的习惯，所以他做了这项隐藏。

若不留心数字变化还真看不出来。

这个网站的用户大都了解一个常识，粉丝数量不多的用户互相关注，一般分为两种情况：第一是彼此相识的朋友，第二是由于这位用户的某个动态很有趣。

这时候我觉得事情的发展更有趣了，我想看看这是一位怎样的姑娘。

我点了姑娘的头像进去，用户名看起来很像本名，个人简介里提到了自己所从事的职业，头像是一张有猫耳朵和熊鼻子点缀的自拍。

她关注的用户有七十余位，关注她的只有两位，其中之一便是我这位前男友。此外，她还有些动态集中在近三个月内，近一个月内有 5 个回答，赞同数与评论数寥寥。昨日的动态是关注了一个和腰窝有关的“爆照”类问题，最后一个回答也正是在这个问题之下。

这篇回答的发表时间是周六凌晨两点，内容很简单，是两张完整的女性裸背图，腰窝若隐若现。值得一提的是，腰际还有一处文身，连我也不得不承认十分性感。

但从拍摄角度来看，这不是张自拍。

巧合的是，周六凌晨两点，我男友也没睡，还比较清醒地给我回了微信。

我返回查看了这个题目的描述页面，关注的人并不多，只有 43 人。

接下来，我查看了她近一个月内的其他回答，基本以“爆照”类问题为主。

我分别看到了她的腰窝、酒窝、锁骨、双眼皮和其他角度的自拍。从回答的发布顺序来看，她的操作基本是先关注大话题下的小问题，然后再写回答。值得一提的是，这些问题都不是大话题下的热点问题，我推测应该不是网站给她推送了这个问题，而是她有了相关照片，需要搜索一个问题，只为“爆照”。

我在她的酒窝、锁骨、双眼皮等近一个月内的“爆照”类回答的评论区，都看到我亲爱的男友的评论，内容基本没有文字，只有一个卖萌的表情。相同的是，他都没有给这些回答点赞，只

是写了评论。

有一瞬间，我突然明白很多网友说的“不敢点赞就写个评论吧”是怎样的心情。

最巧的是，这位姑娘资料里写的常住城市正是他出差的城市。

事已至此，我觉得越来越不简单了。

我现有的信息是这位姑娘的某问答网站 ID、姓名（如果 ID 上是真名的话）、相貌特征、常住的城市，以及她爱美、喜欢自拍，并乐于在社交软件展示自己的性格。

最重要的是，周六这天凌晨两点，她和我男友在同一时间段都处在活跃状态。

目前我只知道这么多，不知道下一步应该怎么走，我陷入了僵局。

我下床给自己倒了一杯水，考虑下一步做什么。

没有思路，我重新打开微博，输入了她的账号名称，在用户页面向下滑了一页后，我看到了一个熟悉的头像，正是那位姑娘在问答网站用的头像。

她微博的用户名是该网站 ID 加一个英文名。

微博动态内容乏善可陈，以化妆品抽奖和自拍为主，自拍基本在网站的回答里都看到过。

有趣的是，她最近的一条微博发布时间是周六凌晨 1:55，内容是有腰窝文身的裸背图和蛋糕图，配文是“祝我生日快乐”，下附一个地点定位。

地点定位在该省会城市某连锁快捷酒店火车站店。

我放大两张图片，观察背景，看到了该连锁快捷酒店的内饰环境，是它标志性的橘色灯和米黄色墙壁。

那么现在看来，基本可以确定的是，这位姑娘周六这天过生日，在火车站附近的连锁快捷酒店庆生，但房间里应该不止她一个人——有同行人当天给她拍了照片，即那张有腰窝的裸背图。

我继续往下滑，看到了她经常使用的定位，确实是在该省会城市。

她就读的大学是某省林业大学，原创微博包括自拍、美食和看起来不表露单身与否的情绪内容。

我打开地图，输入她的校区地址和该连锁快捷酒店，相距 7 公里有余，地铁并不直达，需要换乘公交，因有路段维修，驾车也需要绕行。

从交通便利的角度来看，我相信她如果仅仅是为了找个酒店庆生，不会选择这么远的。巧的是，我男友就在附近的火车站下车，开会地点也在火车站附近。

我记得他说过，是为了方便出行，才将住宿定在火车站附近。

得到地点信息后，接下来我需要更多和时间有关的信息。

我统计了她在一天内发微博的数量，并根据时间段制作了对比图表。

图表显示，这位姑娘的微博更新频率很高。根据三十天样本数据，除去原创内容，每日转发的抽奖二十条有余，时间分布在早7:00到晚10:00。

其中，早7:00—8:00、晚9:00—10:00两个时段发布的微博数量较为集中。根据她的作息时间推测，应该是在刚起床和快入睡的时段动态最多。

数据结果显示，这位姑娘近一周的微博平均日更新量为24条，但周五这天只有3条。从上述信息几乎可以推定，昨天这位姑娘有一段时间没有登录微博，忙于庆生事宜，微博上出现了一段社交空白。

接下来，我找到她大学的贴吧并输入她的名字，发现了一张校医室开具的病历诊断，上面写着的学校、人名、专业都与她对得上，发帖人的用户名是她的名字加英文名加日期，日期显示正是周六这天。

我顺着贴吧把她发过的帖子都找了出来，从高中在贴吧和男生表白，到大学和男朋友公开秀恩爱、争吵。不到两个小时，我看了个遍，对她的性格也算是有了个大致了解。

一上午的时间“哗啦啦”就过去了，我叫了个外卖，边吃边想下午做什么。

现在回想起来，当时无从下手的感觉依然强烈，喉咙发紧，心悸手抖。

我几乎是硬着头皮想找出来能够推翻我的猜测的证据。

十二点半，我在官网找到这家连锁快捷酒店的订房电话，打了过去。

以下是通话记录：

我：“您好，我是昨晚在这里住的客人，退房的时候充电器好像落在房间里了，请问打扫卫生的阿姨有看到吗？”

客服：“女士请问您的房间号是多少呢？”

我：“具体的房号记不清楚了，我的名字是 XXX（那位姑娘的姓名）。”

客服：“请问是用您的姓名预订的房间吗，可以提供一下手机号码吗？”

我（听到这里我心情复杂，声音颤抖）：“我用的是我男朋友的名字，XXX（男友姓名），手机号码是 XXX（男友手机号）。”

客服：“好的女士您稍等，我问一下 XXX 房间的保洁阿姨。”

我返回问答网站，找到了那个和腰窝有关的回答，看到评论区有一条评论问：“在腰上文身疼不疼？”

她回答：“不是文的，是用文身贴纸贴的，当天洗澡时就掉了。”

事已至此，我再也骗不了自己。

没错，在我准备择良辰吉日嫁与此人之时，他正和一位姑娘在酒店庆生，并拍下了有腰窝的裸背照片。凌晨 1:00—2:00 他们尚未休息，双双清醒，共度良宵。

下面让我来按照时间顺序总结一下事情的发展：

一、我的男朋友不知通过什么途径认识了这位姑娘，先是在网站上相互关注，近一个月内又在她的回答下仅评论，不点赞，且为她调整了关注列表里的人员顺序。

二、这位姑娘常住省会城市，周五这晚庆生。而我男朋友周五下午正好要去该省会城市开会。

三、我男朋友周五下午动身，提前预订了酒店。为了方便出行，他没有预订这位姑娘学校附近的酒店，而是选择了火车站附近的某连锁快捷酒店。

四、下车到达酒店后，他告知我手机电量不足，此刻应该已经见到对方，不便一直用手机和我联系。晚上的活动应该是两个人一同吃饭，给蛋糕拍照，再给裸背拍照。

五、下车后至凌晨 2:00，他们都出现了时段相对一致的社交空白，说明这段时间两个人在见面，且都没有用手机（我男朋友的手机电量随时间递减，这位姑娘的微博没有更新）。

六、周六凌晨 2:00，他们在同一时段内出现了社交活跃的表现：他回了我的微信，对我说“晚安么么哒”；她则发了条微博，文字是“祝我生日快乐”。而后又在网站答题——“有腰窝是一种怎样的体验？”

他们的动态时间一致，应该是由于某件共同的事情做完了，同时拿起了手机。

七、周六早晨 7:00，我看到了他凌晨 2:00 给我回的消息。

八、周六午饭之前我查了一些消息，午饭后给酒店前台打了电话，确认他们周五入住了同一间房。

九、根据这位姑娘自己的说明——文身的有效性为一天，可以推测文身不是提前贴好的，照片也是周五当天拍摄的。一个女孩子在过生日当天，要做一件时效只有一天的事情，况且三月份还不是穿露脐装的好季节，文身贴在后腰这个位置，我猜她大概是有什么特殊的人要见。

我的推理就到这里。

我很珍惜我这个男朋友，也很在乎他。我从来没有想到，证据法学与侦查学教授教会我的本领，有一天会用在这样的场合。

我猜大多男生都会喜欢大智若愚、没那么多心眼的姑娘，正如古语有云：“水至清则无鱼。”如果我本身压根儿不知道这件事，我和他想必还是恩爱情侣。

所以我选择暂时不提此事。他出差回来以后，我们照旧如胶似漆，恩恩爱爱。只是我们再也没有亲密接触，他每次想亲我，我都会下意识躲开。

两周以后，他告诉我又要去省会城市开会。我查看了那位姑娘的微博，大概是两个人又要见面。我等他周末回来，去火车站接他，听他抱怨拥堵的车厢和冗长无趣的会议。

还没等他说完，我打断他，提了分手。

他一脸疑惑问我为什么，我反问他，XXX（那位姑娘）的腰窝

好看吗？他先是沉默，然后说对不起，和她是交友 App 上认识的，只是玩玩。

我看了看他，没有说话，艰难地去路边打车，哭声吓到了出租车司机。

今天是 2019 年 4 月 24 日，我们分手 760 天了，最难过的时候已经过去。仔细回想，我是真的喜欢过他，在一起的甜蜜与默契不可言说。可后来我也真的喜欢不下去了，因为伤了心。这其中的挣扎，不足为外人道。

希望看到这里的你可以珍惜眼前的人，如果可以，伸手抱一抱他（她）。在他（她）很在意你的时候，也请你在意他（她）。如果真的感到彼此不合适，也请你明确告诉他（她）。可以不爱了，但至少要坦诚。你偷偷做过的那些对不起对方的事儿，他（她）有可能知道，也有可能不知道。你的他（她）有可能像我一样，是个心思缜密专业课优秀的“小柯南”，也有可能只是一个大大咧咧对你好到没边儿的傻孩子。不管怎样，人心都是肉长的，都会难过。

后续发展：

因为舍不得，我当时打车走了之后还没拉黑他的联系方式。我走以后的第二天，他给我打了一通很长的电话，向我承认错误，表达歉意，斥责自己的过分行为，言辞恳切。一言以蔽之，他只是出去走了趟肾，并没有动心。他依旧爱我，心里有我，想娶我回家。

我问他为什么有第一次还会有第二次，对象还是同一个人？他解释道，这种事总觉得没被发现就永远都是第一次，大概是侥幸心理作祟。

再后来，他和我讲了“开放式性关系”与“灵魂伴侣”的观点，我认真地听完，对其中的一句话记忆犹新：

“人这一辈子这么长，有谁真正甘愿只和一个人分享身体呢？我们可以只爱一个人，但是只亲近一个身体就不必要了吧。如同人们总爱去不同的美食餐厅打卡，不同的经历也可以丰富人生，享受不同的感觉。”

这一次换我沉默。

我没有想象中那样难过到心悸手抖，也没有跳起来大声骂他：“真是个百里挑一的高品质人渣。”

我没有指责他的观点，只是告诉他，我相信会有一个和我“三观”一致的人在未来等着我。我不谴责这种两性观念，只是不接受。我不能想象，如果以后我结了婚怀了孕，这个与我朝朝暮暮生活在一起的男人，背后在和别人纠缠不清，然后再回来拉着我的手说爱我。这不是我想要的爱情。

希望他和他以后的“灵魂伴侣”可以用“走肾不走心”的方式爱着对方，但是不要用这种“三观”来折磨我。

也希望以后我可以和一个信仰忠贞爱情的人相守到老。

借一句当下的话，我们因为五官相爱，但因为“三观”分开。

有人问我，如果他半夜没有因为心虚回我微信，如果截图的时候

没有带上电量，是不是就没事了？其实并非如此。一件事情只要发生过，企图掩盖它就需要把所有的痕迹都藏好，而事情败露只需要一个痕迹就够了，哪怕是掩盖线索的痕迹。

如果我没看到他的手机电量或者没收到他半夜的微信回复，这个推理也只会来得晚一些而已。

—— 请说出三条支撑你活下去的理由。

—— 我和三六条，六条让人杠了。

我的极品邻居与车的二三事

看起来我好像什么证据都没拿到，监控也没拍到，我怎么敢一口咬定是他干的呢？

一

我要讲的是我家楼上的邻居，姑且称他为 C 吧。

C 是个“极品”，或者说，他全家都是“极品”。

C 的老婆经常把整袋垃圾扔进电梯里，因为她懒得下楼倒垃圾，只想让打扫电梯的保洁阿姨帮她扔，搞得整个电梯臭烘烘的。有一次，一个老人踩到被扔进电梯的果皮摔倒了，老人家属去物业调监控，发现是 C 的老婆所为，就把监控画面截图打印出来，贴在电梯里，警告她以后不要再乱扔垃圾。结果却惹得 C 的老婆在业主群里破口大骂。

C 的小孩精力旺盛。在“猫嫌狗弃”的年纪里，不管多晚，都在

家不穿拖鞋地玩闹，“咚咚咚”的声音吵得我那本来就患有失眠症的妻子更加难以入睡。我曾上门理论过很多次，对方压根儿不听。

C 喜欢抽烟，抽完了就直接从窗户往下扔，有一次差点点着我晒在外面的被子。

还有各种生活上的纠纷不胜枚举。

言归正传。我在小区里租了个地下车位，一年 1440 元。我的工作是上班三天，休息三天。也就是说，我的车位通常有一半时间都处于空闲状态，这一点也被 C 发现了。我了解他自己没车位，之前经常将车停在别人家的车位上，或者干脆停在消防通道里，物业批评过很多次，他都不听。后来我换了班组，不在家的时间同以前刚好反过来了。我这才发现，我的车位经常在我毫不知情的情况下被 C 给占了。

我给物业打电话，物业随后通知 C 让他挪车。本来是天经地义的事情，结果 C 赶过来之后，态度异常恶劣，说这个车位他经常停，让他过来挪车没道理。

真是把我气乐了。

我指着车位上的车牌号码标记问他：“你看清楚，这上面写的是谁的车牌号？”

他狡辩说：“反正空着也是浪费，我怎么就不能停？”

我反驳他：“你家白天也空着啊，不如把你家钥匙给我，我明天白天去你家睡觉行不行？”

和这种人多说无益，我停好自己的车之后就回家了。

第二天，我送妻子上班，突然发现我的车牌被掰弯了，还有一个车灯被踢碎。

我当然知道这是谁干的，于是马上去物业调取监控。结果物业尴尬地告诉我，我的车位那边没有对应的监控设施，还问我是不是得罪什么人了。我说我自己心里清楚，随即找物业要到了 C 的电话号码，与他进行了如下通话：

我：“你占了我的车位，我让你挪车，你就报复性地砸我车？”

C：“我听不懂你在讲什么。”

我：“你把车牌和车灯损失赔给我，这事算了结了。”

C：“你说什么？你算什么东西？”

我：“最后一次机会，赔偿，这事算了结了。不赔，后果你自己承担。”

C：“你有证据就去告我啊！去告啊！蠢货！”

骂了我一句之后，他还特别嘚瑟地补了一句“你有证据吗？”随后挂了我的电话。

我打电话给保险公司，请他们上门定损。业务员问我什么地方坏了，我告诉他，是车灯，当时就把业务员吓得声音一抖，风驰电掣地跑到我们小区来了。

业务员的定损结果是 7000 多元。拿着定损单，我心情愉悦地去派出所报警了。

说到这里，看起来我好像什么证据都没拿到，监控也没拍到，我怎么敢一口咬定是他干的呢？

答案是行车记录仪！

现在很多行车记录仪都带有停车监控功能。在我锁车后，记录仪里的内置电池会以极低的功耗运行，在此期间，车辆周围只要有人经过或者产生震动，都会记录下来。也就是说，我车上的行车记录仪清晰地记录了他踹我车灯的全过程。

到了派出所，我向民警报案，同时出示了我的定损单和记录仪视频。由于涉及金额较大，案情明晰，民警很快就立案了。我拿着立案回执回到家，当天下午就接到了 C 的电话。

估计是收到了派出所的通知，C 的语气明显没有早晨那么嚣张。C 问我车灯多少钱，他可以赔，但让我先撤案。我很明确地告诉他，不可能。C 在电话里哀求，说自己一时冲动，知道错了，让我得饶人处且饶人。我再次回绝了他，告诉他不可能，心里想着，你平时干的那些事，自己心里没数？

这个时候，C 有点失控了，冲我喊道："你不就是想讹钱吗？你家人穷死了，等着这个钱买棺材是吧？"

"我不缺钱，法院判多少我拿多少。千金难买我高兴。你的行为已经构成犯罪了，你剃个头收拾下衣服准备'进去'吧。"我挂了电话。

过了大概一个小时，我接到派出所民警的电话，说这个案子希望能调解一下，毕竟不是什么大事情。警察叔叔的话还是要听的。我到了派出所，警察开始调解："你们俩是邻居啊，搞成这样子不好。赔个钱就把这事了结了吧！"

按道理，警察叔叔把话说到这个份上了，也给你台阶下了，再蠢也该懂得这个时候应该卖个乖。

然而C却开始在这里纠结车灯的价格问题，说一个破车灯这么贵，绝对是在讹诈他。C的老婆也在纠结，嚷嚷着就这么点小事为啥能立案，警察是不是跟我一伙的，是不是收了我的钱……派出所副所长听得火冒三丈，在旁边记录的小警员也在冒汗，估计没见过这样的“奇葩”。

等他们絮叨完了，我对警察说，我觉着他们两口子这样的态度已经没有调解的必要了，公事公办吧。副所长估计被C的老婆气得够呛，旋即点点头。

调解失败，C直接被刑拘。

刑拘肯定是要上法庭的。警察跟我讲，这个案值量刑不会太重，最多也就判两年。

两年？足够了啊！有了案底，首先C的事业编工作就没了。这辈子他和他小孩都与公家饭无缘，这就够了。

随后的几天里，C的老婆和家人开始通过各种方式联系我，说愿意赔我3万块，希望我能出具一份谅解书，毕竟坐牢和缓刑还是有区别的。

我一律拉黑。

后来C好像被判了一年多吧，同时附带民事责任，赔了我7000多块钱。

后续情节：

C 被刑拘后的第二天，C 的老婆联系我，想让我开具谅解书，我直接拉黑了她。这个事过去了我正好打算开始休假，带着妻子出去玩了几天。然而休完假回来后，同一层的邻居告诉我，C 的老婆居然想在我家门口堵我，结果敲了几天门都没人应。

判决结果出来后，他家非要上诉。最终结果是维持原判，但法院判赔的 7000 多块，他们过了三个多月都不肯给我。后来法院通知 C 的老婆，做“老赖”没好下场，再不赔钱就会被拉进“全国法院失信被执行人名单”（俗称“黑名单”）。C 的老婆也是厉害，嚷嚷着：“我以后不坐高铁，不坐飞机，拉进‘黑名单’对我没影响。”当时就把执行局的法官逗笑了——没见过这么蠢的。

法院清点财产后发现，C 家的那台车子正好在 C 的名下。法官直接告诉 C 的老婆，一旦我申请强制执行，法院会直接拖车去拍卖，看看你家那台车值不值 7000 块。

过了两天，C 的老婆终于去法院缴了罚款，紧接着被告知还需要补缴利息。

二

某天晚上，我的一个富二代发小（以下简称“发小”）打电话问我，他车子的保险是由哪个保险公司承保的。他的车是某知名品牌，从买车到上保险，基本是我一手帮他操办的，所以，这些细节他自己都不清楚。我当时就“无语”了——你个瓜娃子，买了车不到一个月就撞人了?

“没有，是别人撞了我。我现在带他去医院。”发小说道。

听说他没事，我松了口气，但到了医院我打他电话，他就是不接。正好我看到急诊科有一名交警，估计是跟着我发小过来处理事故的。我赶忙上去递了根烟，问XX（我发小名字）是不是出事故了?他人在哪?

交警问我是他什么人，我说我是他兄弟。交警说:“那你赶紧去急诊科，你兄弟让人给打了，而且伤得不轻。”

我吓坏了，赶忙跑到急诊去。只见发小满脸是血，疼得“呜呜”叫，医生护士正在手忙脚乱地给他处理伤口，把匆匆赶过来的我赶到一边，让我去给他付费取卡。

看着急诊室忙得鸡飞狗跳，我拉过那位交警想问问咋回事，刚要开口，派出所的民警又来了几个，向交警询问情况。听着交警民警你一言我一语的，我这才了解事情原委。

事情的经过是这样的:发小开着他的爱车在直行道上等红灯时，一个16岁的“熊孩子”，边骑电瓶车边玩手机，同时在发小所在那条直行道的对面逆行，并闯红灯向右开。这个时候，左转绿灯亮了，左转车辆正常行驶，熊孩子为了避让左转车，往左一打方向把，正巧撞到了发小停在直行道上等红灯的车。

就这样，这位只用一只手扶着车把手的熊孩子直接撞上了我发小的车，结果电瓶车撞废了发小车子的ACC探头，熊孩子扑到了车子的引擎盖上，头撞破了前挡风玻璃，撞出了伤口，但是并不严重。

发生了这样的事故，我发小第一时间拨打了“122”和“120”。“122”告诉他，车子会被拖走，让他把车里值钱的东西先拿走。车子被拖走前，发小很机智地用手机 App 把行车记录仪里的车祸视频下载了下来。

既然熊孩子受伤了，那就赶紧送医院呗。由于车被拖走了，交警便带着两位当事人去了医院。发小虽然是个富二代，但为人特别忠厚老实（后面你就会发现忠厚老实容易被人欺），到了医院赶忙去收费窗口给熊孩子排队付费。因为熊孩子不满 18 岁，于是交警通知他的家人来医院解决事情。

给熊孩子交完费，交警开始询问事情的详细经过。行车记录仪真乃神器啊，视频给交警一看就妥了。交警看完说，司机肯定没责任。这回撞成这样，估计熊孩子回去要挨打了。

发小正跟交警聊着呢，熊孩子他哥来医院了（这里简称他为“大熊”吧）。大熊看到交警，径直走过来问：“我弟怎么样了？”

“没多大问题，在包扎呢。”交警说。

然后大熊又转过头看着发小：“你就是撞我弟弟的那个人？”

“不是，我没撞……”发小话还没说完，就直接被一拳打在了脸上，被一脚被踹倒，鼻梁又被一拳打成骨折，肋骨再被一脚踢折了一根。

你说这大熊的力气有多大吧。

大熊把我发小打倒后，交警赶紧过来拉架。但是大熊身高体壮，一个交警根本拉不开他。大熊还对着发小踹了好几脚，说他弟弟要是有个三长两短，就要让发小偿命。

好不容易拉开了大熊的交警看我发小满脸是血，赶紧叫医生带去急诊室。

看到有斗殴，而且当事人伤情挺严重的，交警也没辙了，于是呼叫了派出所的民警，毕竟这种斗殴纠纷交警管不了。

熊孩子虽说撞了车，但并没有危险。额头撞破了玻璃只是流了点儿血，伤口并不深，很简单的包扎就搞定了。交警和民警一起训斥了大熊，说你弟弟骑车不好好骑，撞了别人的车，人家也没说什么，还好心好意送你弟弟来医院，又给他交了钱。你怎么过来不分青红皂白就打人？就算是别人开车把你弟弟撞了，你过来就能打人了？

知道了真相的大熊低着头不吭声了。交警又训斥熊孩子："让你叫你父母来，你怎么叫你哥来了？你哥才 18 岁，他有多少人生经验啊？"

原来这会儿正赶上他们放暑假，加上父母不在身边，熊孩子就有点调皮出格了。事故发生后，熊孩子怕父母知道了会挨打，就给交警报了他哥的手机号。他哥也只是个刚高考完的学生，啥也不懂，还是个急性子，来到医院就把我发小打得惨不忍睹。

民警随后去急诊科了解了我发小的伤势——两处骨折，已经够治安拘留标准了。虽然大熊已成年，但是考虑到他没什么社会经验，其实也是个小孩，民警就联系了他们的父母。他们的父母这会儿正在外地喝酒，一听说俩孩子出事了，马上表示他们第二天一早就赶回来。

民警看了看大熊和熊孩子，过来跟我说明情况。按道理，把人打成这样，大熊是要被拘留的。但是考虑到这俩熊孩子的父母不在身边，熊孩子又有伤，需要他哥照顾，就先不拘留了。何况他们父母答应明天回来处理这事了，到时候先做个调解。如果调解不成，再公事公办。

警察叔叔都这么说了，我哪有不从的道理，于是留下了手机号，说我能代表我发小全权处理这些问题，随后民警就回去了。发小坚持不让我把这事儿告诉他正在外面旅游的父母，我说你安心养伤吧，这些事我来帮你搞定，然后我就在医院陪了他一个晚上。

第二天一早，我招呼我另外一个兄弟来医院照顾发小，自己先去交警队给他处理事故及定损事宜。保险公司定损结果是，车子的玻璃需 2200 元，ACC 探头需 2400 元，引擎盖钣金喷漆需 1200 元，左前叶子板钣金喷漆需 1000 元。

定损单刚刚开好，熊孩子的父母就打来电话问我在哪，我叫他们先来交警队处理交通事故。

交警根据调出来的路口监控和行车记录仪视频判定熊孩子全责。熊孩子的母亲没说什么，但是熊孩子的父亲（以下简称“熊爸”）却有异议：“难道不是只要电瓶车和汽车撞了，汽车都要负一成责任吗？”

交警被气笑了：“来，那你说说看，汽车在这事儿里面有什么责任？”熊爸一时语塞，只得在责任认定书上签了字。

交通事故处理完，下一步该去派出所处理大熊打我发小的事了。考虑到交通事故处理完都到了中午，我也觉着吃了午饭再谈比较好，于是和熊爸约定下午一点半去派出所处理。

送走熊爸，我开车回医院看发小。由于鼻梁受伤，发小说话吃饭都很困难，只能吃点流食。我另外一个兄弟脾气火暴，直接提出要不要把大熊和熊孩子揍一顿。我问发小这事打算怎么处理，他说小孩子年纪轻脾气大，估计听到弟弟被人撞了，一时“护弟心切”才打人的。算了，赔钱了事吧。不然真要是被刑拘，大熊的名声也就毁了。赔钱标准按你的意思来吧，这方面你懂，听你的。

下午一点半，双方在派出所调解室准时集合。民警首先开腔：“这事呢，可大可小。事大了对娃儿不好，最好能把这事和平解决。”然后问我：“你们这边有什么要求？”

我说我方要求挺简单的：第一，道歉。发小在这事里没任何责任还被打成这样，要求对方道歉是肯定的；第二，赔偿。车损这块，保险公司已经定损了，单子在这里，不讹你钱。你要是觉着贵了，可以自己去跟 4S 店谈价格。医药费这块，我们在医院花了多少钱你们都得报销，然后加上误工费，你们赔个 4 万块钱左右就差不多了。

民警又问熊爸：“你的意思呢？”

熊爸抽着烟冷笑道：“车损要那么多钱？你不是讹人是啥？受点小伤，就要赔 4 万块？你的良心都让狗吃了吧！”

我说：“你的小孩把人打成那样子都够拘留了，人家警官考虑

到你家熊孩子的前途才没拘留。你说说我这些要求，哪个算是讹你了？”

话不投机半句多，熊爸气哼哼地走了。我说，警官您直接依法拘留吧。民警又过来劝我说：“他娃娃马上就要上大学了。真要被拘留了又判了刑，对你发小影响也不好。到时候大伙儿说他‘得理不饶人’多不好。再调解一次吧，我来做他家工作。如果真谈不拢，那就该咋办咋办，好吧？”

警察叔叔的面子还是要给的，我也能充分理解他们的难处。于是，民警又打电话约了一次熊爸，让他明天早晨再过来，并称这是为他娃儿着想。

回到医院，我的汗登时便流下来了——发小的父母回来了。一听说自己的儿子被打，赶到医院去又看见伤得那么严重，发小妈妈当场就哭了。听我说完派出所的调解过程，发小爸爸气得就要找人收拾熊孩子一家。我苦口婆心把发小他爸给安抚下来，劝他说，我们明天再去派出所调解一下试试。

第二天一早，发小的父母跟着我一起去了派出所。熊孩子父母加上乱七八糟的亲戚来了五六个，而且看神情不像是来调解的，更像是来吵架的。发小父母是商界精英，气场强大，虽然加上我一共才三个人，但是气势上一点也不输对面。

调解就在这种诡异的气氛里开始了。民警先开口，对熊爸一家说：“这个事总是要解决的，你娃儿犯的错很大，对别人造成的伤害也很大。现在又考虑了一晚上，你觉着怎么解决？”

熊爸表示，道歉，这个肯定会有，医药费也全掏，但是车损最多赔 3000 块。“挡风玻璃加两板面喷漆要 6800 块，这不是讹人吗？”至于误工费营养费，最多赔 1 万块钱。

熊爸说完这些，民警在一旁便无语了。看来昨天给他们做的工作，熊爸一家子基本没听进去。

然后我发小的父母表态了：“车损也好，医药费也好，你们不出都没事。我儿子、我儿子的朋友提出的要求都很厚道，不求你们感激，但你们用这种傲慢的态度来讲话，我觉着没有谈下去的必要。我们提出的要求，必须做到，没有讨价还价的余地。做不到，就免谈了。”

这会儿，“熊家”的亲戚们开始你一言我一语地说风凉话了：“开豪车了不起呀，还不是死要钱”，“当自个儿身子多金贵啊，鼻子打破了就要赔 4 万。”

发小父母听到这些风凉话，直接跟民警说，我们不接受调解了，现在要报案。

熊家的人这会儿才紧张起来，连忙说：“还能谈！这样，车损我加到 4000，赔偿加到 1 万 5，这总行了吧？”

“我家不缺这个钱。”发小母亲的这句话是咬着牙说出来的。

往后的事情就简单了。大熊因为犯故意伤害罪被依法刑拘。由于案情简单，公安局结案便直接移交检察院提起公诉。到了法院开庭

时，“熊氏一家”又哭爹喊娘地求原谅，说我们之前提出的条件他们全答应。

此时此刻，发小父母压根儿不想理他们。大熊拿到了录取通知书，但是上不了学了。

—— 请说出三条支撑你活下去的理由。

—— 我和三六条，六条让人杠了。

极品相亲记

说好的要包厢方便聊天呢？怎么妹子坐得那么远，左右数都和我隔着三四个人？

今年 4 月份，我跳槽到了某房地产公司，上班第二天，饭堂的一个阿姨见到了我，打量了一番便问道："小伙子，挺帅呀，新来的吧？"我说是啊。然后她就开始打听我多大呀，叫什么名字呀，在哪个部门工作呀，有没有女朋友呀，我都一一坦诚回答了。

紧接着，第二天我正吃着饭，那个阿姨就过来了，说她有个外甥女比我小一岁，看我人不错，想介绍给我。我心里犯嘀咕，您就见过我两次，除了知道我长得还可以之外，就能直接看出来我人不错了？这么厉害吗？我第一反应当然是拒绝。

结果，这位阿姨开始玩命似的向我推销，说她外甥女很好的，是舞蹈教练，长得又好看，性格又好……一边"哗哗"地给我洗脑，一

边建议不如周末约个时间一起吃个饭了解一下。我终于扛不住她的语言轰炸，本着“见一面又不会死”的想法，先答应了下来。阿姨就给我推了微信，我看了看头像，对方还是个钢管舞教练，身材样貌看起来都不错……

回到办公室，我随口吐槽了一句，饭堂某个阿姨真热情，还帮着介绍对象。我旁边俩同事（男性）听完，突然盯着我看。其中一个问我，你没有答应她见面吧？我说我受不了她一直唠叨，就答应了。两个同事的眼神好像流露出了一点同情，但也没说什么。

我隐约预感到，事情好像没我想象中的那么简单。

到了周末，我还是用心地打理了自己，拿出了只在毕业时用过一次的古龙水。本着和女生第一次见面要留个好印象、一定不能迟到的心态，我提前半小时就到达了约好的饭店。我用微信告诉对方我已经到了，她回复说不要在大厅，不好聊天，安排个包厢吧。我就安排了个包厢，告诉她在玫瑰房，便开始安静地在房里边喝茶玩手机边等着她。

高潮来了。在等了大半个小时后，门突然被推开了。我连忙起身相迎，准备帮她拉个椅子什么的，结果定睛一看，进来的是一对中年夫妻。我蒙了，以为他们是走错包厢的客人。没等开口问，又有几个人走了进来——一个中年大叔、两个年纪相当的青年男女、一个看着十四五岁的小男孩搀着一个老婆婆。在队伍的最后，饭堂阿姨和微信头像上的那个女生一边小声聊天一边笑着走了进来。

我傻站在一边，还没清醒过来，饭堂阿姨就开始给我介绍：“这是我外甥女婉晴，这是婉晴的外婆，这是我妹妹妹夫，也就是婉晴爸妈（中年夫妻），这是婉晴的姐姐姐夫（青年男女），这是婉晴的弟弟（小男生），这是我丈夫（中年大叔）……”我心里“万马奔腾”，但嘴上还是得一个个打招呼。

众人落座。

嗯？说好的订包厢是为了方便聊天呢？怎么和我相亲的对象坐得那么远，左右数来都和我隔着三四个人？这家人还直接落座点菜，都不客气一下，问我点些什么。九个人点了 16 个菜，你们是不是都饿了一整天只为了来吃这一顿饭？还有叔叔，我都说了我是开车来的，不喝酒，你点了瓶 XXX（酒名）干吗？除了开头的寒暄客套，介绍了几句名字年龄几口人以外，都不敷衍我一下了吗？自己家人有说有笑就这么吃起来啦？

不知为何，我的心里好像堵了一口气，看着他们毫无胃口……

嗯？到了吃完结账的时刻，一家人集体低头玩手机又是什么情况？我就象征性吃了两口青菜而已呀，这是在等我自觉去结账？我长得像冤大头吗？

那就大家一起坐着玩手机好了！反正我带了充电宝，还是 20000 毫安的！

就这样，大家一起静坐了 15 分钟，女孩的妈妈终于出声了，对着老婆婆说：“妈，你看差不多到休息时间了吧。”老婆婆回应：“是呀，有点困了……”呵呵，现在 8 点还没到，就差不多休息时间了？您老人家刚刚吃饭的时候，分明精神矍铄，手脚利索！

我装作没听见，又过了几分钟，饭堂阿姨给我发微信说：“出来，我提点你两句。”之后她一边打哈哈说要上个厕所，一边拉了我衣角一下。

等到了走廊，她便开始“提点”我：“他们一家人对你都挺满意的，你应该抓紧表现一下，留个更好的印象，事估计就成了……”呵呵，看来真的是把我当傻子了。这家人聊天聊的啥内容我都听得一清二楚，合着他们是用“意念传音”告诉你他们对我很满意喽？估计他们连我叫什么名字都忘了，还说什么“留个好印象”……

我心里虽这么想，但表面功夫还是做得很足的。我说：“您先进去，我去收银台。”

我还真的去了收银台，拿起账单看了一眼，嗯，光那瓶酒就 999 块，全部加起来有 2300 多块。

我借口忘拿手机，转身回去溜到厕所方向，直接从后门出去了。上了车以后，我掏出手机给饭堂阿姨转了 300 块，备注“份子钱”，然后就把阿姨和那女孩都拉进了黑名单，一脚油门扬长而去。

周一回到公司，发现饭堂阿姨正在满世界地抹黑我，说她好心好意给我介绍对象，我却吃完饭不给钱，丢下妹子就跑了……但是非常奇怪，办公室里压根没人议论我，很多人看见我都捂嘴笑。

隔壁同事告诉我，这阿姨在这干了两年多了，我是第六个“上套”的新人。这婆娘专门盯着那些单身新同事坑，不过比较不同的是，以前上套的，都会乖乖付饭钱，吃了个哑巴亏，之后才和同事们吐槽老阿姨介绍对象坑人。我是第一个被阿姨吐槽的。

我埋怨这位同事之前怎么不提醒我一下，他告诉我，以前有个新同事也乐呵呵地说这阿姨给介绍对象，真热心。然后有老同事提醒他，让他别去，是个坑。他反过来说那个老同事嫉妒他，看阿姨没给自己介绍对象就劝别人也别去。有这样的“吕洞宾”被“咬”过，以后就再没有人提醒新人了。

—— 请说出三条支撑你活下去的理由。

—— 我和三六条，六条让人杠了。

校园里的“扫地僧”

我把他不多的书籍整理了一下，一些发黄的信件扔进了垃圾桶，最后打开一个箱子，里面是他一直穿的那几件衬衫。我拿出衬衫，在箱子底部发现了一份他的毕业证。

找过去曾在我们县城的中学读书，我初二的物理老师当时已经快 80 岁了，身形削瘦，衬衫总是很整洁，但却出了名的酗酒。我去他家（就在学校里面）玩儿的时候发现，他家里有一面墙都是用酒瓶垒起来的。

他上课很随性，讲知识点时不像别的老师那么爱写板书，经常就只用粉笔点一些点，号称自己写的是“密码”，快下课的时候会随机叫一个学生起来，让他把那些“密码”翻译出来，其实就是回顾他说过的知识点。如果没有人答出来，他就叫我起来，我一般都能回答正确（毕竟直到高中毕业我物理考过的最低分是 96 分）。他布置的作业很少，一般每节课只留 3 道普通的题目和一些思考题。

当时隔壁班的物理老师是个年轻人，还是我们当地师范大学的应届研究生，比起我们的物理老师确实看起来更加活力四射。我们班很多学生的家长就不高兴了，想让那个年轻的研究生来教我们班。有次周末，我妈妈接到了一个家长的电话，说他们一群家长想组织起来去向校长请愿，原因是我们的物理老师讲课太差，想换成隔壁班那个研究生。

我妈妈问我："你们物理老师讲课很差吗？"

我一边打游戏一边说："讲得很好啊！"（主要是因为作业少，而且我个人也比较喜欢他。）

我妈妈就打电话回绝了那些家长的请求，理由是我每次物理都是年级第一，去参加这个请愿不太合适。

最终，那几十个家长的请愿并没有发挥作用，我们的物理老师依然是他。

我当时已经在县城图书馆借了一些大学物理教材在读，遇到不懂的就去问他。其实一开始，我的小心思是想炫耀一番，觉得他一个老头，只教初中，问这些他一定不知道吧。

但他总是能回答我所有的问题，有时候还会跟我说那些物理发现背后，科学家们如何用信件交流思想，如何争吵，如何实验验证，最后如何发表论文，那些论文当时又有哪些反响和质疑等等。我也就当故事听了。

初二暑假的时候，他去世了。因为他没有子女，我们年级主任便打电话给我和另外几个同学，让我去他家帮忙把东西收拾收拾，书籍就交给学校图书馆，其他东西就扔一扔。

最后只有我过去了。我把他为数不多的书籍整理了一下，把一些发黄的信件扔进了垃圾桶，最后打开了一个箱子，里面是他一直穿的那几件衬衫。我拿出衬衫，在箱子底部发现了一张他的大学毕业证书。

我没有和任何人说起我的发现，那张毕业证书我在学校后面的草地上烧了。

后来，我去了中国最好的物理系读大学，又留下来继续读研。有一次，院里来了一位南非某大学的大气科学系教授作报告，老师介绍他是剑桥大学毕业的，并且说他当时穿的衬衫就是剑桥的校服。

那件衬衫我很熟悉，因为我见过一件相同的衬衫，就放在那张英文毕业证上头。

——我们奋战，不是为了改变世界，
而是为了不让世界改变我们。

—— 我们奋战，不是为了改变世界，

而是为了不让世界改变我们。

奔丧记

我爸说他这辈子没服过什么人，这位老板算一个，这位乞丐算一个。

我给各位说个暖心的故事吧。

这是十几年前的事。

一个拉面馆的老板，为人很和善，拉面馆生意挺不错的，也赚了不少钱。这家拉面馆离泰州火车站不是很远，经常有一个乞丐到拉面馆讨一口面吃，老板从来没有拒绝过。只要乞丐过来，不等乞丐开口，老板必然朝后厨喊一声："一碗兰州拉面，加大块肉！"

乞丐在那吃了几年面，老板分文不收，都快成泰州的一道风景了，泰州那边应该还有人听说过。

后来，老板的老婆得病了。治病花光了老板所有的积蓄，结果人

还是没能留住，走了。

祸不单行，老板的儿子在回家吊唁的路上出了车祸，送到医院几个小时后也走了。

老板听到这消息，直接晕了过去。醒来之后，这个一米八五的汉子，瘫在地上号啕大哭，说："我孟尔喜这辈子就没干过伤天害理的事，还当兵扛枪，捐钱修路。我这辈子就一个婆娘和一个指望，你老天爷一个都不给我留，这是要我死啊！"

我爸当时带着我在旁边，一边拉着他一边也跟着哭，劝他说："尔喜你别太伤心，孩子都去了，你这样哭着，孩子走都走得不踏实。先把孩子从医院里接回来，不能让他一个人留在医院。"

老板整个人都没了魂，就瘫在地上，连爬起来的力气都没有。最后还是我爸带着几个本家叔伯去医院把老板儿子的遗体接回来的。老板在家等着儿子回来，看到儿子的遗体，又昏厥了过去。当时一个老人说："坏了，这口气窒在喉咙里了。"吓得几个本家叔伯连忙掐人中泼冷水，最终，老板人是激醒了，但魂也丢了，哭都哭不出来，就愣在那里，完全不知道该干什么。

老板一下子失去两个至亲，基本上是没了生活的希望。拉面馆这些年赚的那些钱全部花在了老板娘的病上。可老板娘跟儿子的后事得操办啊，当时我爸跟本家叔伯商量，几家凑钱，把丧事风风光光地办了。

老板知道后，回过神来了，强撑着说："不行，这辈子我孟尔喜没欠过人。"

我爸苦劝，说："尔喜，你家现在什么情况大家都知道，自家弟兄谈什么欠不欠？"

老板死活不答应，说："有劳弟兄几个帮我把我婆娘孩子先送回老家，我要办点事儿。"

这哪能让人放心啊！

我爸说："这不行，你要办啥事招呼一声，自家兄弟你还信不过咋的？"

老板说："你是我兄弟，没有信不过这一说法。但是我尔喜这辈子不欠人，不能让我婆娘儿子死了还不安心。你帮我把婆娘儿子先送回老家，我尔喜办事不拖沓。你就帮了你哥哥这个忙，我求你。"

我爸没办法，想留一个本家叔叔陪着老板，老板坚决不同意。

最后，我爸跟几个叔伯带着老板娘跟老板儿子的遗体回了他的老家。

我也忘了是几天后，老板回来了，揣着三万五。我爸一见，说坏了，尔喜这个"脑冲"的，怕是要把店给"平"了。

一问，果然，老板把店给卖了。卖了七万五千块钱，四万给员工结了账，店归了别人。

我爸说那家店再怎么卖，也不能低于十二万。

为了赶紧弄到钱，老板就这样把店给贱卖了。

当时我爸觉得特别奇怪，私下跟我那几个叔伯说，这不应该啊，嫂子这病是花了不少钱，尔喜手头紧我们是晓得的，但也不至于说连店都要卖了给嫂子和咸方（老板儿子）送路啊。

我爸也后悔，说早知道这样，说什么都不可能让尔喜把店卖了。主要是当时所有人都没想到老板家已经到了这一步，得卖店才能给老板娘和儿子“送路”。

后来我们才知道，老板赚的那些钱，有很大一部分都捐给了山里，这“很大一部分”不是小数目，差不多是老板那些年收入的一半。

出殡前一天，天还没亮，门外来了个乞丐。

那乞丐问：“这是那孟老板的家吗？”

老板出来一看，这不是那个吃面的乞丐吗？

老板说：“老哥哥，你怎么找到这里来了？”

乞丐说：“我前几天去你那店吃面，没人在，我便到处打听你住哪，一路问过来的。”

老板说：“老哥哥对不住啊，我家不开店了，你不嫌弃，就来我家吃碗饭。”

乞丐说：“知道你家出事了，也知道你把店卖了，我想着你肯定要钱用。”

乞丐从身上掏出了一个裹得严严实实的小包，费劲儿地打开，说：“我要了这十几年饭，这里有两千四百三十七块六，我数了好几遍，你老板不嫌少，看得起我，就拿去。”

老板听完，跪在地上，抱着乞丐号啕大哭，说老哥哥，我命苦啊！婆娘儿子都不要我了！

乞丐也哭了，说好人没好报，老天爷不长眼。

当时，在场的人，包括我爸，都哭了。

从泰州到姜堰，几十里路，从姜堰再到老板老家蒋垛，又有几十里路，我不知道那个乞丐是怎么一步一步找到老板家的。从泰州到蒋垛，乞丐几十里路一步一步走过来，到了蒋垛，在人生地不熟的情况下打听到老板的家，只为了给老板送上十几年要饭得来的钱，报那些年的“面恩”。

几十里地听上去不多，但这是直线距离。乞丐真正走出来的，怕是有两百多里，一步一步走，边走边乞讨。

我爸说，他这辈子没服过什么人，老板算一个，乞丐算一个。

我爸告诉我，老板、乞丐，这两个人身上的东西，你这辈子都学不完。

我深以为然。

老板是个好人，现在还在蒋垛生活，种种地，平常见面还会喊我，让我爸陪他喝酒打牌。

乞丐就不知道去哪儿了。那笔钱老板没要，但是乞丐把钱袋偷偷塞到了老板家门口旁边的墙洞里，这也是我们之后才发现的。

我们只知道乞丐在老板家人出殡后就走了，谁也不知道他去哪了。乞丐走时身无分文，他这些年过得怎么样更无从知晓。

有些人，天生不知道感恩，认为别人对他的一切付出都理所当然。

但你要相信，更多的是像乞丐这样的人。好人永远比坏人多，这也是人性。

乞丐姓朱。

不管怎么样，我相信好人是终有好报的。

——我们奋战，不是为了改变世界，
而是为了不让世界改变我们。

我的同学阿闷

那晚月明星稀。十五岁的阿闷，我遇见过最无趣的女孩，失声痛哭，声音嘶哑。而她揪秃的那片草，直到我高中毕业也没能再长出来。

2013 年的夏天，我刚上高中，被分到和一个沉默寡言的女生同桌。她留着厚重的刘海，还有些少白头，脸上星星点点的雀斑像一盘凌乱的五子棋。她抱着书坐到我旁边的时候，身上还有一股衣服长时间没洗的霉味。怎么看，她都不是一个讨人喜欢的姑娘。

她大概是我见过的最闷的人了。出于好奇，我暗暗观察了她一个星期，终于得出结论：她一周洗一次头发；没有任何娱乐活动；中午只吃番茄鸡蛋盖浇饭；晚自习下课就回到宿舍睡觉；上课从来不回答问题。老师若是哪次提问到她，她就站起来，怯懦地搓着衣角，嘴唇发白，一言不发。

这样无趣的人倒是更惹人好奇，难道她的大脑都不分泌多巴胺？

怀揣着拯救这个自闭少女的英雄情结，和她做同桌的第一个月，我用尽浑身解数想打开她的话匣子——“你看这个新出道的男艺人好帅喔！”“你看你看，我今天穿的这个裙子配不配我的发型啊？”“你说咱班后排那个 XXX 有没有女朋友啊？”……诸如此类。而不幸的是，我成功地以我的“热脸”贴了她的“冷屁股”。

在又一次得到她冷漠的回应“嗯”“喔”“还行”之后，我翻了个大大的白眼，心想真是活该你不讨人喜欢。自此我再也不主动和她攀谈，还在桌子上画了“三八线”，她只要越过一次，我就故意大声提醒“喂喂喂，注意了啊！”然后心头涌上报复的快感。她也不做回应，仍旧活得像一个没有思想的木桩，没有存在感，没有情绪，没有反应。

我给她取了一个贴切的外号——“阿闷”。

有一次，全国中小学生都经历过的“感恩励志演讲”来到我们学校。演讲现场群情激奋，台上的秃头男人慷慨激昂唾沫四溅：“当你生病的时候，是谁哭着爬起来半夜带你去医院？当你失意的时候，是谁一直在你身边照顾你安慰你？我曾看过一个新闻，一个大火中保护自己孩子的母亲，全身的皮肤被烧伤了 90%，当她终于被抢救过来，问的第一句话就是‘我的孩子怎么样了？’这就是父母啊！是你的父母！！是你最亲的人！！！”台下的青葱少年们热血沸腾，热泪盈眶，几千人跟着秃头男人大喊：“爸爸妈妈我们爱你！爸爸妈妈我们不孝！”

我看着周围泣不成声的同学们，意识到自己好像也应该哭一哭，不然是不是会被当成“铁石心肠”。但是我真的觉得这种喊口号不干实事的孝心毫无作用，甚至还很好笑。正在我酝酿好情绪准备挤眼泪的时候，那颗熟悉的少白头成功引起了我的注意。剧烈耸动的肩膀，在嘈杂的人群中也能听到的异常清晰的哭声，以及我偷偷挪到她旁边时看得一清二楚的鼻涕和眼泪，都让我不敢相信又不得不相信，阿闷在哭，而且是痛哭。

我不知所措。这是我第一次见到阿闷有这么大的情绪波动。我以为她就像一个封闭的上了锁的铁盒子，冰冷寒凉，这世界的一切都与她无关，她只是一个无悲无喜、没有意识的铁盒而已。

我试探地伸出手拍了拍她的肩膀，她实在是太瘦了，骨头很突出。我突然还有点羡慕，想着我要是这么瘦多好啊……大脑正放空的时候，我听到了她浓重的鼻音：“我想我妈……”说完又是一阵剧烈的抽动。我隔着她万年不变的厚刘海，甚至能看到她坠下来的鼻涕形成了一条优美的弧线。

“阿闷……没关系，哭出来吧。”

那时 15 岁的我实在没有什么安慰别人的词，我语言匮乏，而且不知道她为什么哭，只能一直重复那句“别伤心了，都会好的”。

这场场面宏大、激情澎湃、感动千人的感恩励志演讲结束后，我小心翼翼地跟着红鼻子红眼睛的阿闷回到班里。思虑良久，我写了一张纸条递到阿闷眼前：“能跟我说说你怎么了吗？”阿闷沉默了一会，用她唯一的一支笔在我的话后面写了一个“好。”

我如坐针毡地等到放学，跟着走路很慢的阿闷来到操场。“我妈去年不在了，在我中考前一天，跳河死的，自杀。”在我还想着怎么开口询问的时候，阿闷用同往常一样古井无波的语气突然说了这么一句话，我愣在原地。

“我家在农村，我妈在我很小的时候就有精神病了，反复发作，无休无止。夏天发病，冬天正常。小时候她一发病就追着我打，用砖头扔，用棍子抽，我逃不了，就只会哭，”阿闷不看我，看着地上的草，“但我妈不发病的时候对我真的特别好，真的。她想补偿我，我知道。她给我买了好多花棉袄，可是她老是忘记给我买夏天的衣服——她夏天一发病就什么也不知道了。我的一个短袖穿了又穿，破了又补，大家都笑我，笑我有个疯子妈，没人和我玩，都怕我妈打人。”

我看着阿闷脚下的草快被她揪秃了，活像白天演讲的那个男人的头。

我 15 岁，家庭圆满，生活幸福，我没有体验过这样坎坷沉痛的人生。当时的我，唯有感到震惊和不知所措。

“你家有房子住吗？”她突然问我。“有……有啊，没有房子住哪里？”我很疑惑。阿闷突然很骄傲似的跟我说：“不知道了吧？炕烟炉也能住的！我就住在炕烟炉里。”

“嗯……”我望着骄傲的阿闷，年少的心里有一块被重重撞击着。

阿闷眼里的光熄灭了，又低下头去揪草。“那天晚上我听到我妈起来了，我知道她那时候是清醒的，我就睁着眼看着她在床沿上坐了好久。后来她悄悄打开门我也知道，我想喊她，问她去干啥，但不知道为什么，就是有股劲压得我喘不过来气，说不了话。我就在床上坐着，憋得难受，憋得肺疼，”阿闷的声音开始颤抖，“然后我听到她出去从外面锁了门，我隐隐约约猜得到她要干吗，我知道的。可我不知道为什么，不知道为什么，我就是动不了，喊不了，我浑身冒汗，眼泪都憋出来了。”

阿闷瘦削的肩膀又开始剧烈耸动：“我明明能救她，我要是喊出来了，我要是拉住她了，我明明能救她……”

我望着阿闷糊了一脸的眼泪和鼻涕，被这样的故事重重击中，不能动弹。15 岁的我不知道，也永远无法了解阿闷的感受。我不知道一个 14 岁的女孩子，那晚在闷热的炕烟炉里，内心经历了多大的煎熬和折磨。我也不知道是什么在阻止她，压迫她，让她没能喊出那句话，没能伸出那只手。

那晚月明星稀，15 岁的阿闷，我遇见过的最无趣的女孩，失声痛哭，声音嘶哑。而她揪秃的那片草，直到我高中毕业时也没能再长出来。

毕业后我再也没见过阿闷，听说她考上了大学但没去上，听说她很早就结婚生子了，听说她后来学着打扮变好看了。而每次想起她，我心里总会突然一沉，想起她的少白头和雀斑，厚刘海和怯懦的脸。

众生皆苦，何以度之。

—— 我们奋战，不是为了改变世界，

而是为了不让世界改变我们。

我见到的都是生死场

奶奶说："这些风景，今天你看是山水画，当年我看是生死场。"

民国女子的"优雅"我是亲眼见过的。

我奶奶的妈妈（也就是被我称呼为"太太"的那位女性）去世的时候我已经三年级了。

在我的记忆中，她是个从来都很干净优雅的老太太。哪怕衣服穿了多年，磨得发白，都是洗得干干净净，叠放得整整齐齐，穿得板板正正，一丝褶皱都没有。太太老了还会就着阳光在窗下给自己的衣衫绣花。后来她实在太老了，眼睛瞎了，就坐在那里晒太阳，也总不时地摸索着抻抻衣领，抚平衣角，甚至在窗前的小陶瓶里，还总插着一枝柳枝或梅花。

她的孩提阶段和少女阶段，甚至生孩子时都处在民国时期。虽然我出生的时候，太太已经是暮年，肯定是不漂亮了，但从她迥异于一般农村老太太的举止、神态、气质中，可以遥想其年轻时候的风采。

我似乎曾见过她年轻时候的小像，印象中是张巴掌大的照片，发黄发暗到几乎已经看不清脸。但是那种姿态和气质，让小小的我都惊艳。后来我见到著名美人夏梦①的照片，总觉得和太太风姿神似。但是时间太过久远，我已经分不清太太是真的有过这么一张照片，还是由于我幼时亲眼见到她的那些日子给我的冲击过于震撼而产生了记忆错觉。

太太的大女儿，也就是我的奶奶，素来是不讲究这些的。

我奶奶是一个很俗气的人。她嗓门比一般妇女大，干活比男人都强。向来是在田里搞了一身汗，撩起衣服一擦就完事。裤脚挽得乱七八糟，一身泥水。做饭烧熟就成，压根不研究什么花样——赶紧吃完下地干活才是正理。奶奶一直教我：“就着锅吃可以省一个碗。衣服洗那么干净干什么？刷得太狠了不经穿！摆什么花？能当吃还是能当穿？”

奶奶一天到晚琢磨的就是菜园子和田地。大中午也老是埋头在田地里除草，晒得黑黢黢的。

但奶奶绣工很好，总是就着日光坐在窗前做针线活，偶尔还唱两句戏，说是太太教的。不过，奶奶做的大都是纳鞋垫、做千层底、缝围裙之类的粗活，既俗气又粗糙，远没有太太一边悠悠唱戏一边迤迤

① 夏梦（1933–2016），生于上海，祖籍江苏苏州，香港电影演员。

然给自己的衣衫绣一枝小花来得悠闲。

太太的这个女儿，真是一点儿都没有遗传到她的优雅和精致。唯一值得夸耀的是奶奶读过女学，能写一手极其漂亮娟秀的字，据说小时候有过专门的家庭教师。她也会写文章，直到我上中学都可以指导我的作文。

小时候每到周末的下午，我总是趴着写作业，咬着笔头胡思乱想地“憋”作文，奶奶就在旁边调糨糊，一层层地糊鞋垫。奶奶喜欢絮絮叨叨地跟我讲话，一会儿说张家长李家短，一会儿说太阳下山要去菜园子浇水，一会儿指点我的作文，一会儿又教育我要好好读书考大学。

说着说着，就说到了当年的苦日子。

她说当年我的爷爷经历政治运动被下放到外地，她公公婆婆又身体不好，奶奶便一个人带三四个孩子，还要种八亩地；说她干活厉害，工分挣得多，就是落下了臂膀痛的毛病；说当年她也挨了批斗，因为嫁给了爷爷这个“反革命”；说自己命苦，爷爷脾气不好，动不动就凶她，还打她，她婆婆不仅不劝，还火上浇油；自己受不了气跑回娘家（也不能说是娘家，因为屋子都是租的）也要挨打，太太还让她回去，说女人嫁人了就要从夫……

说着说着眼睛红了，就撩起油腻腻的围裙擦一把脸。

你看，她就是这么俗气，一辈子也没什么出息，人生的主题就是生儿育女和反复夸耀她一个人能种八亩地，以及喋喋不休地诉苦。我一边要憋作文，还要一边忍受她的唠叨。她还非常爱管事，爱操心，爱争着干活，爱瞎指挥。

奶奶真正是一个俗气的人，和太太的优雅从容完全不一样。

后来我长大了，太太已经去世多年，我才知道了些当年的事情。

原来太太当年是合肥代县长的女儿，真正的大小姐。奶奶说自己小时候，真的见过电视上那种一下汽车就有人拉车门，进了家，两边两排仆人一字排开，齐齐迎接的场面。说太太走到哪里，别人都称呼她为“大小姐”，管奶奶叫“小小姐”。太太嫁的人——奶奶的爸爸，也是出身于门当户对的人家，洋房、车、仆人都有。太太平时没事就定制衣服，下午看看戏、吃吃茶。在家里有仆人，什么事都不用干。

照这样来说，我的太太可能真的是一个民国时期精致优雅的大小姐。毕竟我曾亲眼见过多年后的她，确实和一般的农村老太太不一样。虽然外表一样很老，老到丑的程度，也一样很穷，但感觉就是不一样。彼时我刚上大学，在网上读了些民国名媛赵四小姐之类的文章，那位去世多年的太太，在我脑海中的形象越发显得优雅。我觉得自己也应该向她学习，历经磨难，历经岁月，还保留着从容气质。我甚至对那个年代也产生了巨大的向往，觉得那才是个名家大师辈出，望族名媛绽放的最好岁月。

可是到后来，我们这一辈也长大了，长辈们不再忌讳一些事不能说给孩子听，于是我听到了更多当年的故事，同我小时候的记忆一一映照。

原来，奶奶当年嫁给爷爷几乎是被“卖掉”的，因为收了比较高的彩礼。爷爷原本有个童养媳，被其母亲打跑了。奶奶嫁过来的时

候，只知道对方有个女儿，但没想到这个女儿比她小不了几岁。村里人都说爷爷脾气不好，爷爷的母亲脾气更不好，但没办法，彩礼已经给了太太和舅爹爹（奶奶的小弟）去置办田地。她不敢跑，也不能跑，因为跑回家不仅没用，还会被要回彩礼。

可是她的婆婆实在刻薄，一家人吃饭，奶奶永远上不了桌，只能做好饭缩在灶口吃，也只敢夹一点点菜。婆婆还要把猪油剩菜都锁在自己房间，怕她偷吃。后来爷爷被打成“反革命”了，如此一来，一家人就能同甘共苦了吗？并没有！对于村里人来说，她成了罪人家属。村民们一边使坏让奶奶断绝和爷爷的关系，还要她举报爷爷；一边在干活的时候欺负她，给她分最苦最累的活，还美其名曰“改造锻炼”。回到家，奶奶依旧被当成外人，婆婆各种不待见，认为是她在外面举报了我爷爷，还说她偷了家里的东西……

可是奶奶没办法啊。

当年时局动乱，奶奶的外公和爸爸，也就是太太的父亲和丈夫被枪毙了。于是，太太带着几个孩子逃难到了江南。可是，她们空有盘缠，却没有任何手艺，租了房子，不会种地，也不会做生意，连一个最基本的谋生技能都没有。一朝失去人人捧着的“大小姐”的身份，太太忽然什么都不是了。几年下来，盘缠花完了，首饰也卖得差不多了，可是儿子也渐渐人了，以后还要娶亲，要买房子置地……

怎么办呢？

光靠两个女儿给人家洗衣服，显然赚不到足够的钱——这里又有多少富人要请人洗衣服呢？儿子做学徒还要缴学费，该如何是好？

于是，太太的三个女儿从此走上不同轨迹的人生道路。

大女儿嫁给了一个富农地主，也就是我爷爷。爷爷当年出了名的脾气不好，且母亲凶悍、家里有过童养媳，还有个十几岁的女儿。奶奶以嫁到这样的人家为代价换来了买地钱。

二女儿，也就是我大姨奶奶，后来嫁得离太太不远。丈夫依旧是一个出了名的脾气暴躁的人，唯一的好处在于他是个跑长途的，在当年是很赚钱的行业。

最小的女儿，也就是我小姨奶奶，逃难的时候就被留在了江北，送给人家做了童养媳。

我觉得太太一生的经历很传奇。身处在这样一个漂泊动荡的时代，单单是活下来就要用尽全力了。我很佩服太太的勇气，她作为一个曾经的“大小姐”，不仅带着四个孩子逃难，平安跑到了江南，还给他们安排好了各自的归宿，至少儿女们年老后生活都过得去，就连那个留在江北的小姨奶奶，后来也联系上了。小姨奶奶嫁女儿的时候，爷爷还背着我坐客车、坐轮渡去参加婚礼。彼时我还是个在糖水里泡大的小女孩，还曾暗暗鄙视对方家里的床铺上只垫了一层褥子，下面都是稻草。

再后来她们的儿女各自有了出息，到了暮年的姐妹们也能时常通电话，偶尔相聚。

我说太太是一个奇女子，不光是因为她在动乱中保全了几个儿女，还因为她保全了自己一生的优雅——哪怕租住在农村的房子里，

也要在窗前插一束花。

可是，唯独一点我不敬她：她一生没有干过活，至少，没有做过一天的农活。

这在农村是不可想象的。在这个家里，无论是洗衣服还是干农活、打工，都是由她的儿女去做的。她在田边生活了几十年，从没有学过种地。

在农村，连种地都不会，太太是怎么活下来，还能活到高寿的呢？在挺过了各种“动乱”之后，居然还有闲心雕琢衣饰，有兴趣去赶庙会？这在当地人眼里简直难以置信。

太太的针线活儿做得极好，花样扎得又好又快，年老眼花的时候都能指导别人针线活儿。她还会唱戏，腔调举止都极好。但是在那个动乱的年代，又是在乡下，这些能耐有什么用？都比不上在地里多打一斗稻子重要。

而她却连韭菜和小麦都认不出。

太太年轻的时候，是她的父亲、丈夫为她提供了优越的生活条件；逃难后，是随身携带的盘缠和首饰维持了她几年的生活；后来，则是靠着子女的赡养。

甚至可以这样说，太太靠着一个给人家做童养媳的女儿和两个嫁给有钱人的女儿，换来了全家的田地与生计，并帮助唯一的儿子娶妻生子。

可她的几个女儿都嫁得好吗？

看起来还好，因为在那样的处境下她们的夫家相对算是有钱人家。

可是真的好吗？一个是童养媳（童养媳的地位如何，各位可以问问各自的奶奶辈），另两个被丈夫打了都不敢跑，因为在那个年代，媳妇“被打死”是可以的，若是跑掉了，娘家是要归还彩礼的。

她们谁都不想给自己的妈妈和弟弟添这个麻烦。

所以我的奶奶很俗气，很粗糙，很不优雅。因为她早早地承受了本该是她的父母去承受的一切。她年轻时用姣好的容颜换来了重金彩礼，后来又一边养孩子，一边偷偷补贴娘家。虽然这种行为让她在夫家更抬不起头来，但是奶奶又怎么忍心看着自己的妈妈和弟弟挨饿呢？

赡养老人是应该的，但这个责任她担得太早了。每个女人都是一枚珍珠，只有精心养护才能维持住它的光华，而贫困的生活则会慢慢地磨去这份光彩。太太之所以能够一直保持这份光彩，是因为她的女儿们早早地失去了它——无论是我的奶奶，还是我的姨奶奶们。

优雅是有代价的，这个代价总要有人承受，要么是自己，要么是别人。

你知道的所有民国名媛，大都出身于望族世家，因为普通人家养不出常开不败的花。

我不评价太太的一生，因为我不可能做得比她好。他们经受的苦难是一个时代的悲剧，不是她个人可以左右的。她出生、成长、婚嫁的环境都在要求她做大小姐、官太太，她做到了。后来命运把她推向了对她而言完全陌生的环境，她也没有放弃自己曾受到的教育。命运

对她固然不公，可是如果时代未曾改变，命运对她家的那些司机仆人又公平吗？

民国时期，无论是上流社会还是普通阶层，无论是贵夫人还是穷妇人，日子都是朝不保夕，遑论其他。我的奶奶是很俗气，可没有她的“俗气”，谁来保住这个家？

你若是问我想回到民国吗？我告诉你，我不愿意！宁做太平犬，不做乱世人。

初二时，我第一次在芜湖看到长江，烟雨中像一幅铺开来的长画卷。回来后我激动地告诉奶奶：“长江像山水画一样，真漂亮。”

奶奶说：“今天你看是山水画，当年我看是生死场。”

请不要评价我爷爷、奶奶、太太或任何人。因为身处那个时代的并不是你。

无论你是大小姐还是贫民丫鬟，在那个动乱时期，最重要的不是优雅与否的问题，而是有没有命，能不能活下去的问题。

比起太太的优雅，我更欣赏奶奶的俗气。但有时候，命运的走向是无从选择的。

今天你看民国是有名媛、有大师的长画卷。但在当年，对他们，这些都是生死场。

——我们奋战，不是为了改变世界，

而是为了不让世界改变我们。

父亲

如果一个人尽可能地做好当下能做的事情，这个世界就一定会因为这件事情而变得更美好一点。

在我初中升高中的那个暑假，本来就十分拮据的家又因为父母双双从国企下岗，彻底陷入赤贫。不知道有没有人相信，也不知道有没有一样的人存在，反正我就是那种生活在21世纪的现代化城市里，还会时常吃不上饭、饿着肚子去学校的小孩，因为家里一分钱也没有了，可以变卖的东西早已被父母卖光。

这个暑假倒霉事儿接踵而至：我虽然考上了省重点高中，但交不起学费；我那本是文弱书生的父亲，实在找不到活儿干去做了泥水匠，结果因为不习惯在脚手架上工作，从三楼摔了下来导致胳膊骨折。好在工头帮忙付了父亲的医药费；也好在跟我伯伯一家住在一起

的奶奶是一名退休教师，待遇还不错，答应了帮我付学费。

是不是觉得人间自有真情在？

工头付了几天钱就消失了，而我的亲伯伯（没错，也就是我爸的亲哥哥）在我入学前一天突然出现，并告诉我爸："奶奶不会来给'小妹妹'付学费的。"

其中缘故呢，是因为我的这位亲大伯觉得我考上重点高中只是撞了大运，我这个"小妹妹"根本就没有念书的智商，不能浪费钱。于是他把我奶奶关在家里，并非常诚恳地让我爸妈赶紧给我找份售货员的工作，立即挣钱养家，不要拖累他们。

我妈一听就哭了，我爸把我叫到病床前，让我拿出纸笔，由他口述一封信，让我带着信去学校找那个即将成为我班主任、但当时我完全不知道是谁的人。信的内容大致就是，孩子一定要念书，但是钱真的很难筹，希望班主任老师能帮帮这个孩子，学费能否宽限几天或是减免一些。具体语句已经记不得了，但其中四个字，我不知为何一直记到现在：

"告贷无门"。

为什么我那念了一肚子书的父亲最后要去告贷？为什么我那善良柔弱的妈妈要丢下尊严去求人借钱却告贷无门？

我不知道，也想不明白，我就拿着那张纸在炎炎烈日下跑去学校东问西问，但我的那位未来的班主任老师不在校内，我饿着肚子在学校等到天黑也没找到他。当时我感觉这一切都是我的罪过，没有读书天分的小孩上什么学！当个售货员，一个月还能挣 800 块，多好啊。"罪不可恕"的我捏着那张已经被手汗浸透的信纸回到医院，跟爸爸妈妈老实交代："我没找到老师，我明天不去学校了，就去打工吧。"

妈妈让我回家睡觉，然后第二天又直接把我从床上拎了起来，一句话也没说就把我领到了学校，找到正在给学生办理入学手续的那位班主任。我哆哆嗦嗦地拿出信纸，麻木地听着老师和妈妈的对话，感觉自己被羞耻和愤怒堵住了嗓子，半个字也说不出。那天，我只知道最后的结果是，我什么都不用交，可以直接入学。

我和妈妈回到医院时才发现，等待我们消息的父亲，一夜之间，满头黑发已经变得花白。

当然，后来我还是念了高中，考了大学，找到了工作。我往死里拼命工作，三年便还清了家里的所有外债；再往死里拼命，不久前给父母在家乡付了一套小房子的首付款，让他们终于有家了；我一直往死里拼命，让当年那个捏着一封求助信饿着肚子在烈日下等待的"小妹妹"，现在成了能令父母动不动就去跟邻居炫耀的所谓"全球飞人"和"国际化小白领"。

其实我长得挺漂亮，但我从来没有用脸蛋换过什么。我这么努力，并不是要对得起父亲一夜花白的头发，也不是要对得起母亲当年日日夜夜的眼泪。我告诉自己必须努力做好力所能及的一切大小事情，必须用最大的善意和智慧去对待这个世界，是因为这个世界曾透过我高中时的班主任老师，向我传达了一个真理：

"如果一个人尽可能地做好当下能做的事情，这个世界就一定会因为这件事情而变得更美好一点。"

我一定要把这个真理传递出去。

—— 我们奋战，不是为了改变世界，

而是为了不让世界改变我们。

爷爷的葬礼

我打开窗户，看着外面的大雨，举手一弹，把那枚铜钱弹到了南屋的房顶上去了。

高中的时候我的爷爷去世了。

他是睡梦中去世的，走得很安详。

筹备丧事时，我爸腰伤复发，而那时我妈正巧做完手术刚出院，在家休养。

我赶去爷爷家里，与奶奶一起冒着雨通知大院的各位老干部、老领导，忙活了一上午。

我的几个姑姑也来了，还带来了两个类似“神汉神婆”的家伙。

这对神汉神婆来了之后一顿掐算，唠叨了一通玄学。我记不住原话了，大意是我爷爷的八字与我家人“犯冲”，所以他们不能见我爷爷的尸身，只有我可以。

那年我十六岁，独自一人在我爷爷的卧室里给他擦洗身体，穿寿衣。

可我并不害怕。倒不是因为爷爷是亲人，而是因为我们家都是坚定的唯物主义者，对一些祭礼风俗从来都是不屑一顾的。

尤其是我爷爷，当年也是老干部，年轻时奋斗在建设第一线，雷厉风行的性格，在单位也颇有口碑。

当时我只是隐隐感觉，老头一辈子信仰唯物主义，到头来却也不能免俗，还要被俩不知道从哪个犄角旮旯蹦出来的神汉神婆指挥后事，这对他来说简直是种污辱。

但是毕竟死者为大。既然大家都是俗人，无论是来吊唁的还是来随礼的，个中俗礼，既然难免就随他吧。

这时那个神婆进来了，给了我一枚大钱，让我垫在老头子的嘴里。

算算我爷爷已经走了十多个小时了，身子已经僵住。我试了一下，爷爷嘴巴闭得紧紧的，根本掰不开。

这神婆又开始折腾了，掐着我爷爷的嘴，要把那铜钱塞进去。

我当时就火了，但碍于屋外都是前来吊唁的长辈亲属，不好发作。于是只好抢过那枚铜钱，告诉神婆:“你出去，我自己再塞塞试试。”

结果当然是塞不进去的。本来我是想把铜钱放进爷爷贴身的口袋里的，但又一想，不合适。我爷爷一生珍惜荣誉，死也应该带着荣誉走。我找出了爷爷年轻时得的一张荣誉证书，折好了，放进了他的口袋里。

至于那枚来自封建时代、不知真假的铜钱，我觉得它实在不应该

出现在我爷爷的身上。

我打开窗户，看着外面的大雨，举手一弹，把那枚铜钱弹到了南屋的房顶上去了。

一切准备妥当后，我爸在客厅守着长明灯，我妈也坚持从家里赶来了，众多长辈亲友都在。

那俩神汉神婆又来了，又是一顿掐指乱算，说是亲朋须避让，唯独要我把我爷爷背上火葬车。

其实距离并不远，但对十六岁的我来说，老头的身子还是太重了。

你们听说过“死沉”这个词吗？人死了，就特别沉，背死人和背活人承受的重量是不一样的。

我背起老头，对他说，爷爷，我背你走。

我一步一踉跄地背着爷爷从卧室挪到了客厅，又穿过客厅走进楼道，一直背到火葬车上。

短短的十几米距离里，我看到了我爸低垂的脸，看到了印着爷爷遗像的长明灯，看到了众多亲朋长辈略带悲伤的目光。

我也看到了那神汉神婆一脸戏谑的表情。或许对他们来说，别人家的白事就是他们挣钱的机会，别人家的哭丧就是让他们的钱包塞满票子的时机。他们嘴巴里的那一套风俗礼制就是用来要挟苦主家属的筹码，尽管有些人也不稀罕这套玩意儿，但碍于众多亲朋在场，也只能跟了风俗，受他们掌控吧。

所以，他们很是骄傲吧？

很享受在一场白事里“众人皆醉我独醒”，还被人捧着的感觉吧。

“请来的”，我记得我姑姑介绍他们的时候用了这个词。

“请”这个字，他们也配？

我的火又上来了，但是不能发作。

我跟着礼节风俗继续他们那一套。

烧纸，哭号，摔盆子。

令我愤怒的是，在他们的指挥下，家人还把我爷爷生前最喜欢的一套中山装也烧了。

整个过程并不复杂，中午将遗体背去火化，下午就买了墓地，准备安葬。

一路上那对神汉神婆依然唠叨个不停，非要我妈也跟着去哭灵。

前文说了，当时我妈刚做了手术，本来是需要卧床休息的，但还是碍于众人的面子，跟着去了墓地。

陵园又在乡下的山上，要走好久的台阶，当时还刮着凉风，下着雨。

一路上我看着我妈煞白的脸，两只手气得直哆嗦。

算了，细节不太想说了。

说说我最后的情绪失控吧。

回去后众人一起吃晚饭，晚饭后还有一场送别的仪式，其实无非就是烧烧纸人纸马，念念悼词。

饭桌上，神汉神婆又开始了，先是索要礼金，又嫌少，我姑姑就说：“不是谈好的价格吗？”神汉神婆又开始胡扯，什么我爷爷八字比较凶煞，他们费了好一番功夫才能送走之类的。然后尖酸刻薄地唠

叨了一通“不加钱的话我们都要遭灾”之类的话，算是委婉地恐吓和诅咒我们一家吧。

当时，我憋了一天的火实在是压不住了。

我当场就把桌子掀了，在众人都没反应过来之际，从矮柜上的果盘里抄起水果刀就向那神汉砍去。

那神汉也颇为灵活，身子一歪躲过了，转身拔腿就跑。

神婆也嗷嗷叫着跟着跑了。

从我爷爷家那栋楼到家属院门口大概有四百多米。

我挣脱了一众亲友的拉扯，提着刀追了他们四百多米，一直把他们追出家属院。

亲友把我拽回去后，我爸当场就抽了我俩嘴巴。他怨我违了礼数，毕竟送别仪式还没开始，我就在一众亲友面前提刀吓跑了神汉神婆。

我当时很委屈，眼泪瞬间下来了，质问我姑说：“我爷爷一辈子干建设，从来都不信封建迷信，你们又为什么找俩跳大神的来欺负他？”

老头辛苦了一辈子，末了走了，就我一个人背他、送他。我知道这是我这个当孙子的该做的。可是老头到最后连你们这些后辈亲人见都没见着一面，你们不觉得有愧吗?

我骂我姑说：“你还是人民教师呢，人民教师搞这一套封建迷信吗？别拿着所谓的‘民间风俗’来欺负我爷爷，我爷爷活着的时候都不信这个，也从不讲究这一套，死了就更不稀罕了！”

我当时真是哭得上气不接下气，又开始控诉他们，说我妈刚手术完又被逼着哭灵，冒雨去了乡下陵园，万一身体状况再恶化了怎么办？

我爸眼泪也下来了。我知道，他其实也明白，可有些事，他说不出来。

这时，前楼的刘爷爷过来了。他跟我爷爷过去都是兄弟相称，感情甚好。老哥俩后来同时退了休，就连买楼也买了前后楼。

刘爷爷说：“你们不用担心晚上怎么送老哥了，我来办。”当即找来一张案子，铺上宣纸，拿起毛笔蘸上墨，“唰唰”地写了一副悼词。人群中开始有人称赞刘爷爷的字好，文也好。

送爷爷走的时候一切照旧。

大家披麻戴孝，走到了我们楼前的空地。

我捧着老头的遗像。

众人默哀完，烧了纸人纸马。

刘爷爷在火光的映照下，把他写的悼词念了一遍。其中的具体内容我记不住了，但那些抑扬顿挫的语句，伴着刘爷爷铿锵有力的语调，久久回荡在我们大院里。

这悼词比那神汉神婆瞎唱的丧歌高明了不知道多少倍。

或许这才是我爷爷应有的待遇吧。

我一直念着刘爷爷的这份情。

后来，刘爷爷去世的时候，我是按孙辈的礼数去给他扶的灵，将他一路送到陵园，对他行孙辈礼。

这事其实已经过去了十多年，直到现在，我依然对这些扣着“民间风俗”帽子的封建迷信活动深恶痛绝。

—— 我身体不舒服……

—— 开门。

—— 我身体不舒服……

—— 开门。

不一样的味道

我打开窗户，窗外一片雪白，窗玻璃上映着我红扑扑的脸蛋，上面好像写满了幸福，却又不懂幸福为何物。

我不知道称他为“初恋”合不合适。

前些日子和老公一起请表哥和表嫂去吃烤鱼。吃得正欢的时候，我忽然听见一个熟悉的声音，抬头一看，是高中暗恋很久的男生。多年未见，再次见到时，我竟然愣在了那里。

他先开口：“这么巧啊。”我笑笑。

他旁边的朋友问他：“你认识？”

他回道：“高中同学。”

然后我继续吃鱼，他和朋友离开，我们没有过多言语，也无须太多言语。

吃完饭，表嫂问我：“他是谁啊？长得挺帅气。”

我和表嫂说，我曾暗恋过他三年。

表嫂惊讶：“真的呀？那你现在见到他还会心动吗？”

我笑着说：“心动可没有了。”说完便挽着老公，一起离开了。

其实表嫂说他帅气时，我真心想回她一句——你都不知道我暗恋他时，他有多帅。

我不知道是只有我一个人这样，还是大家都这样。就是在情窦初开时喜欢的男孩子，多年后再相见，总觉得“长残”了，即使在旁人看来他还依旧帅气。后来我才渐渐明白，不是对方长残了，而是那段日子太美好，我们无论如何都回不去了。

我第一次见到他是高一的时候。高一时我成绩不错，语文老师让我去办公室帮她批卷子。我坐在语文老师对面认真地批改，突然一声洪亮的“报告”从门口传来，我循声望去，脸红心跳。不知道是那天阳光太好，还是我在记忆里把那个场景给加工“柔化”了。我看见阳光从他的身后射向地面，他额头上的汗滴闪闪发亮，挂在嘴角的微笑温柔美好，那件不起眼的校服也被他穿出了不一样的味道。

这第一面，让我挂念了三年。

高一时，我将对他的“喜欢”完全埋在心底。起初我甚至不知道他的名字，也不知道他在哪个班级，就傻傻地觉得自己很喜欢他。现在想起来，都觉得那时候的自己很可爱。

知道他的名字是在一天的早操上，当时，班里的一名女生，跑过来指着远处七班的体委问我：“你看，他帅吧？”我的脸“唰”地一下红了，然后点点头。她接着说道：“他就是XX啊。”我才恍然大悟，原来班里女生们最近讨论的男生就是他呀。也难怪，我就是一个普通姑娘，和其他姑娘有着同样的审美观。为了自我安慰，我只是硬要标榜自己和她们的不同——我没她们“肤浅”，我爱上的是他的笑容，才不是仅仅因为他长得帅而喜欢他呢。

整个高一，我最喜欢的就是早操和午间操的时候。我远远看着他，他一笑，我就像“花痴”一样，用脑子里的照相机“咔嚓咔嚓”全照下来。我不知道他是否了解有个姑娘那么傻地喜欢他，还是说他对此已经习以为常。

高二，学校开始文理分班。我选了理科，进了学校的实验班。开学报到那天，我坐在前排盯着前门，真希望他也能进来呀！陆陆续续来了很多人，还是看不到他，我有些失望。忽然后面传来几个男生说话的声音，我鬼使神差地回头，顿时面红耳赤——我们以后就是同班同学了！

高二时我幸运地当上了班级的语文课代表，更幸运的是每周四可以和他一起打扫卫生。他的语文作业通常都是赶到学校来补的，所以我常常抱着一摞作业本站在他旁边等他。我以为自己很淡定，但估计那时候暗恋的表情全写在脸上了吧。

每周四就更别提了，我们两个一个扫地一个拖地，这场景总是让我展开各种幻想，好像扫把上的灰尘都能舞蹈起来。现在回想起来，都觉得很甜蜜。

以我的性格，从来不会喜欢上一个有女朋友的人，甚至知道这个男生有心上人后都不会喜欢他，但这个人是个例外。在我高二时就听说他初中那会儿就有喜欢的女生了，在他们的故事中，他是痴情的男主角，而女主角的性格非常“高冷”。故事中的女主角在文科班，我还为此特意去看了看她。虽然很多女生都没好气地说她不好看，但我真的觉得那女孩长得很脱俗，可能“爱屋及乌”最适合形容当时的我了吧。说起来这种“爱屋及乌”，现在想更像是“傻里傻气”。记得有一次，一个初中学妹问他要电话号码，他没好气地说：“我家没电话。”当时，我居然很羡慕那个故事里的女主角，还暗暗地觉得自己没喜欢错人。

就这样傻里傻气地度过了高二，“黑色高三”就来了。可能十个人里有九个回忆起高三生活都是凝重的、苦闷的，而我的高三却是热烈的、害羞的、喜悦的……

也是从这时起，“高科技产品”开始慢慢进入我们的生活，首先就是 MP3 播放器。我在里头塞满了歌，那时候最喜欢的歌手是陶喆。他也喜欢听歌，我记得那年元旦庆祝会上，他倒坐着椅子，唱了一首《你一定要幸福》，我居然自作主张地把他和那个女生放在了我脑海中的 MV 里，真的是一名享受着“琼瑶式自虐”的女子啊。

后来，他常常问我借 MP3。还回来的时候总会多几首歌，要么是新歌，要么是他清唱录进去的歌曲，其中让我印象很深的一首歌是《寂寞的季节》，这首歌后来我很久以后都不敢再听，现在听起来，脑海里也全是那时候的画面。

再后来，手机开始时髦起来，我妈给我买了一部当时很流行的

“小灵通”（时至今日，她还在埋怨自己太早给我买手机，不然我“一定能考个好大学”）。我常说，谢谢她给我买了个手机，不然我就不会有那么多回忆。

快放寒假的时候，他过来问我要电话号码（我当时不知道他是要了所有有手机的人的号码，还是只要了我的）。那天，我时时刻刻揣着手机，生怕错过了他的消息。所谓的矜持，我好像一直没学会过。那晚，我表姐来我家和我一起睡，等到晚上九点，我终于收到了他发来的一条信息——“小姑娘。”我抱着手机大笑大叫，我姐说我疯了，总之，那晚直到 12:00，我一直处于亢奋状态。

哎，一条信息而已，至于吗?

可是那个时候，我觉得自己亢奋到 12:00 都不够。

寒假期间我们常常联系，那年的 2 月 14 日，我在家赶着寒假作业，他发来信息:“情人节快乐！我送你件礼物，赶紧打开窗户。”那时已经是晚上，我打开窗户，窗外漫天飞雪，玻璃上映着我红扑扑的脸蛋，上面好像写满了幸福，却又不懂幸福为何物。

临近开学，我越发努力地写寒假作业，写完会发答案给他，还“教育”他说:“要加油哦，好好写作业。”现在想想也是“醉”了，那时候的我在他的眼里应该很幼稚吧，幼稚到他对我说我们好像在交往，我都不明白“交往”是什么意思，我以为必须要说出“我喜欢你”才叫爱情。

高三第二学期，班里还是没多少人知道我喜欢他。他还是那么

受欢迎，一会儿传出他和这个女生恋爱，一会儿传出他和那个女生恋爱……但我最希望的还是他能和之前喜欢的“女主角”在一起。

有一天晚上，他用家里的座机给我打来电话，我一时紧张得不知道说什么，嘴里蹦出的每个字都觉得别扭。他大概很早就知道我喜欢他了，可我还是故作镇定，假装高冷，生怕流露出半点喜欢他的迹象。

而自从知道他家座机号码，我就找到了个“发泄”的方法——没事就发“我喜欢你”给他家的座机。我心想，反正他也不知道是谁，但我算是对得起那个胆小的自己了。直到有一天，我无聊的时候给自己家的座机发了条信息，我才知道这个小灵通有一个功能——发信息给座机，座机会响，然后与座机相连接的电脑会把你发的信息一字一句读出来。这项功能是我妈告诉我的（在我发了无数条“我喜欢你”给他的座机之后），她说家里有一次接到电脑的信息，前面还报了一长串号码。我忙问：“妈，你记下了号码没有？”“那么快，我怎么记得啊。”我松了口气，心里想着他不会知道是我发的。但是又想到我已经发了无数次，他哪怕一次只记一个数字都把号码烂熟于心了。哎，随便吧。

这种“蠢事”真的是我关于青春最美的回忆。后来有一次，他晚上放学约我 起回家，我和他一路走到门口，他向左我向右。那时候我最好的朋友和我不在一个班，他约我一起回家的时候，我把这事第一个告诉了这个朋友，晚上她给我回信息问进展如何，我回道：“还能怎么样啊？一个向左一个向右呗。”结果我不小心发给了他。看到他没有回我，我又自我安慰："他不知道，他肯定不知道我喜欢他。"我真是佩服我自己，都喜欢成那样了，还要这点"自尊"干什么？

那时候我们周末通常需要补课到下午两点。这件事情过去不久后的一个周末下课后，他约我去学校附近的公园走走，结果我又犯蠢了，拉上了我最好的朋友，场景变成了他推着单车，我俩走在旁边。我真心佩服自己，那天还在一直撮合他和那个"女主角"，还给他们规划未来，说要是他们考上一个大学多美好之类的。我朋友在旁边替我捏了把汗，我自己还乐在其中。我的天，我上辈子估计是"毁了银河系"，这辈子才有了这么低的智商。

我就拖着这样的智商一直拖到了高三毕业。毕业的时候，他约我出来去公交车站，我欣然接受。这一次，我没拉朋友，而是穿着 T 恤和牛仔裙，和他坐上了 100 路公交车，从始发站坐到了终点站，来到了一个叫"绣球公园"的地方。

他走在前我走在后，我的汗开始不争气地往下流，不知道是因为天气太热还是因为这是我暗恋他三年第一次和他单独相处。那天他说的话我都记不清了，我记得的只有那个胆小的自己。我第一次发现，喜欢一个人，能让自己变得如此卑微胆小。

他的电话终于响了，是他的朋友喊我们去唱歌，于是我们俩又坐着公交车跑去他朋友们所在的 KTV。偌大的一个包间，坐着他的一群朋友，有我认识的，也有我从未见过的。人群中有两个女生有些吃惊地看着我，我认为她们觉得吃惊是因为他带了这么一个不起眼的我来唱歌。

我坐在沙发上像个呆子，他背靠着沙发，手自然地放在我身后沙发的背上。我吓得立马挺直了身子，向前移了移。他要么唱歌，要么不唱歌的时候模仿 MV 里的一些镜头给我看。我在那一刻真心想笑，可是却不知道该如何笑出来，只觉得自己的脸部器官尴尬地扭在一起。

那晚我们通了个电话，他说我一整天都很不自然。我的自尊心再次造访，有些激动，说了很多“我们不可能”之类的话。现在想想，大概是喜欢了太久，在最后一刻却只记得别人口中他和她的故事，想起他有一次半开玩笑半认真地要把我介绍给一个和他很像的朋友……这些事在当时我以为自己已经消化了，却发现其实一直堆积在心里，慢慢地进行着化学反应。

再后来，我们一直没有联系。高考成绩出来了，听说他要复读。班里举行了一次聚餐，那时候他已经有了新的女朋友，不是我以为的那个她。我那天唱了几首歌，然后和一群人离开了 KTV，用余光看到他把手放在那个女孩的身后，女孩很自然地躺在他的肩头。我笑着说：“你们继续玩啊，我走了。”回想起那个微笑，大概会显得特别扭曲吧。

因为我读的是理工科专业，男生比较多，追我的人也比较多。久而久之，那些暗恋他时才有的自卑渐渐转变成了自信。后来他发信息给我：“你过得怎么样？”我的自信又仿佛变成了自负：“我过得很好呀，很多人追。”其实我并不是这样的人，但是那一刻我有种成功报复后的快感。我总觉得我喜欢了你三年，你都不曾告诉我你对我的感觉，甚至在那么短短的几周后，就可以带着另一个女生在我面前卿卿我我。

但，我又是在以什么身份生气呢?

在大学里，我和毛毛成了朋友。她是同我们一个高中的一个很爽朗的女孩，高中时常在走廊拦下我，捏我的脸，大学时我们才成为朋友。有一天我们聊起他，我和她说我那时候多喜欢他，她惊讶地看着我，说:“你知道吗，那天他来之前，对我们所有朋友说，他会带他女朋友来。”那一刻，我才知道，也许他给了我答案，但是我错过了。

不过我转念一想，也许真的在一起了，我还是会小心翼翼，他也永远不会认识那个最真实最爽朗的我。我们可能会吵架，也会分开，甚至会互相怨恨。

就让故事停留在未开始时最好，那三年，我不后悔，因为正是那段时光教会了我如何去爱。

现在，我也会和老公提起那段日子，老公笑着说:“切，有多帅? 能有我帅吗? ”

我笑着摇头:“我会喜欢他，一定是因为我那时候不认识你。”

—— 我身体不舒服……

—— 开门。

当庄周爱上小乔

小乔只是个“脆皮”法师，不应该有这么爆炸的物理输出。我应该化身张飞，一个“二技能”跳过去，给她加个护盾。但是我做不到，“二技能”跳不了 800 公里远。

那是一个寒冷的冬天，我失业了，之前辛苦工作了好多年，干脆借机给自己放个假，就休息了几个月。

掐指一算自己也有三十多岁了，漂泊得太久，何不落叶归根回家乡发展呢？得亏房价“起飞”前在老家省会城市买了套房子，我便回到了这个陌生的家。

房子很大，很安静，很冷清。刚回来也没有同事和朋友，我就天天待在空荡荡的房子里消磨时日。眼看着钱包只出不进日渐干瘪，就开始琢磨着怎么增加点收入，没法子，把房子拆分出租吧。

因为失业之前薪资还可以，我对钱看得比较淡，租房也抱着“一半为了钱，一半为了有个伴”的心态，所以标价很低。我也没找中介，在某 App 上一挂就有人来问了，一个准备考研的女生加了我，约好了隔天过来看房。

她过来的时候正是上午，我刚起来，一个人无拘无束地生活，导致我的作息非常紊乱，几乎就是一个胡子拉碴不修边幅的形象。打开门的瞬间，四目相对，我和她都愣住了。

我愣的是这女孩有股灵气，摄人心魄。她穿着一件毛呢大衣，线条简洁挺拔，大衣下摆露出的半截小腿，在紧身牛仔裤的包裹下显得又细又直，一双浅色的运动鞋透着一丝运动气息，整个人看起来高高瘦瘦，挺拔、纤细，像个舞蹈演员。

外面很冷（内陆城市，家里更冷），她戴着一顶帽子，裹着围巾。围巾和帽子护住了大部分的正脸，只露出两只又大又黑的眼睛，直直地看着我。

瞬间我有点自惭形秽，为自己猥琐油腻的形象而羞愧，避开了她的目光。

不知道为什么，她似乎也很蒙，有点六神无主地跟着我进了屋。气氛有点小尴尬，我磕磕巴巴地指引她这是厨房、这是客厅、这是卧室，然后就让她自己看。

她飞快地转了一圈，不管我说了什么，都只是“嗯嗯啊啊”答应着，待了不到一分钟就落荒而逃了。

我都没有回过神来，这种感觉就像一只神秘可人的猫突然出现在你的阳台，还没来得及看清楚说声“hi”，它就逃走了。

心里有几分失落，我想她不会再来了。

然后手机响了，是她发来的信息。原来她压根没料到我是个男的，把她给整蒙了，她表示对房子很满意，但是和异性合住对她来说是一道大坎，她得考虑考虑。

虽然我很希望她搬进来，但是我能说什么呢，力邀的话岂不显得我动机不纯？

所以我只能说，你不来我很理解，来的话当然更欢迎。毕竟房门都有锁，何况你也看到了，我是一个慈祥的人（强行幽默一下）。

她回复了一个破涕为笑的表情。沟通到这里告一段落，一夜无话。

第二天上午，差不多是同一时刻，她发来了信息："我想来想去，决定还是住进来，你说你是个慈祥的人，我相信你。"

我心里乐开了花。但是我这种"稳如老狗"的人怎么可能暴露自己的情绪，就只四平八稳地回了一句："好的，需要我帮忙搬东西吗？"

她说："不用，我叫了三轮车师傅。"

然后没过太久，她就在外面敲门了。开门一看，我的乖乖，满满当当至少四五个硕大的纸箱，女孩子东西多真不是吹的。我只能帮她把东西搬到房间里，留她一个人慢慢收拾，同时为失去了一个献殷勤的机会而扼腕叹息！

刚来的两天，她几乎都是关着门，深居简出，我们完全没有碰面的机会。关于房租水电的事情，全部通过微信交流，我甚至感觉不到这个屋子里多了一个人。

偶尔她要出去，只听到走廊一阵细碎的脚步声，然后“砰”，大门关上了。

偶尔她回来，只听到大门开了又合上，然后一阵细碎的脚步声，“砰”，卧室门关上了。

完全神龙见首不见尾嘛。

然而，同一个屋檐下，哪能躲一辈子呢？比如吃饭就不能回避吧。

我一直有自己做饭的习惯，多了一个人就多了一份心思：要不要做双人份呢？她吃不吃呢？

先做吧，我祭出了修炼多年的青椒炒肉，然后发微信给她：“晚饭做好了，出来一起吃吧。”

想必她是很不好意思，在房间里折腾了好几分钟，才抱着她的大碗扭扭捏捏地出来了。出来把大碗往桌上一摔，豪气地说：“满上！再来两斤熟牛肉……”

不是，写错了。

出来后礼貌地说：“哇，青椒炒肉，好香哦！”

这女孩，撒谎都不会，太假了。我也没有拆穿她：“来，凑合着吃吧。”

然后我们在一种客气而又有点尴尬的气氛中吃了第一顿饭。吃完后，女孩马上要去洗碗。呵呵，我做饭你洗碗，谁定的规矩？我果断制止了：“放着我来！”（这是被前女友培养出来的，她总是告诉我，

女孩子皮肤比较嫩，洗碗会伤手的，以至于我看见女孩子洗碗就会有痛心感。）

她坚持了一下，我更坚持不让她洗。她只好有点抱歉地表示“那我学习去了”，然后回到了房间。

吃了这顿饭后，她似乎有种急于补偿的意思，晚上出去就不停给我发信息：“房东哥，我在外面，你饿不饿，要不要我给你带碗粉回来？”

我说：“不要，我不饿。”

“那要不要吃烤串？”

“不要。”

“要不要吃水果？”

“不要。”

最后，她回来了，轻轻地敲我门：“房东哥，你啥都不吃吗？我给你带了个棒棒糖。”

真的是一个棒棒糖。当然咯，不是常见的一根棍子戳一个圆球的那种，是圆盘状有螺旋纹的那种，就像《功夫》里面那样的。外面包着塑料纸，印着“Nice to meet you”。

这下我的内心戏就泛滥了——Nice to meet you，是纯粹的巧合，还是借物传情，表达她很高兴认识我的意思？

不知道，想不通。糖我收下了，一直收藏着没拆开吃，现在都还在。只是放久了，字不那么清晰了。

吃了一次饭，第二次第三次就自然多了。

其实做做饭也只是举手之劳，一人份和两人份劳动量没啥区别，无非是加双筷子。但是有些人哪，你敬他一尺，他总觉着欠你情分，非要还你一丈。这小姑娘就是，吃了个饭后总想着要还我这份人情——

“房东哥，要我给你带早餐吗？”

“房东哥，要我给你带夜宵吗？”

既然一起吃饭，就会一起买菜吧。买菜的时候，她那小脑瓜就一直在计较，我付了白菜的钱，她就争着付青椒的钱；我请她吃了臭豆腐，她就要回请我糖油粑粑……总要维持一个平衡，不能占我便宜。

我说：“可别这样，生分！买一次菜这里几块那里几毛的，非得算清楚脑子会爆炸，再说你一个刚毕业的学生，跟我计较这些干吗呢。”

多说几次就好啦，付钱完全随机，你付我付一样的自然，很好！

何况她也没占我便宜，在家里大把的存货往外掏啊——

“房东哥，这是同学老家带来的核桃，一起吃吧。”

“房东哥，这是我买的零食，饿了填填肚子吧。”

“房东哥，这是我网购的水果，我吃不了那么快，一起吃吧别放坏了。”

……

很快，家里茶几和餐桌就堆满了吃的。家里有个女人就是不一样啊！

续一

那个冬天真的很冷，她搬进来后没多久，下雪了。

跟大家一样，我喜欢在恶劣的天气里，跟喜欢的人待在温暖的屋子里，有食物，有水，有 Wi-fi，有电影。

至少这个下雪天我没有感到丝毫的凄清，起码屋子里不止我一个人了，不是吗?

我偷偷地拍下她在窗口探头看雪的傻样儿，然后一直没有告诉她。

我已经多年没看到雪了，于是兴冲冲地拿出尘封多年的相机说："我们去公园拍雪景吧！"她似乎有些犹豫，但是不好拒绝我，答应了。于是我们开车杀向最近的公园。

一上车我才知道她为什么没有爽快地答应——她晕车非常严重，从关上车门的瞬间开始，就屏气凝神，陷入冥想状态。

公交车都停运了，路面全是雪，全程打滑，不到三公里的路程，开了二十多分钟。结果公园因为安全考虑，关闭了，我们只能在周边拍点雪景。

雪还在簌簌地下，行人稀少，天地间白皑皑的一片，好开心啊。和她在一起拍了很多照片，可惜拍照的手艺荒废太久了，没有拍出最好的水平。

然后路过公园的一面玻璃墙，两人站住了。

我说："来张合影吧。"

她说："好啊。"

于是在雪地里，同一把雨伞下，我们并排站在一起，有了第一张合影。她依然纤细而且挺拔，像一棵小白杨，而我……有点矬。

不知道你有没有过这种感觉：在人群中无意间发现一个和你志趣相投的人，又惊又喜，彼此相视一笑，默契尽在不言中。

那一个星期，她的房间里一直单曲循环《夜空中最亮的星》，我一直记得。我叫她出来吃饭，她屁颠屁颠走出来的时候，还在哼着“我祈祷拥有一颗透明的心灵，和从未流泪的眼睛……”

那一年，《夜空中最亮的星》也是我的网易云音乐排行榜第一名，我没有跟她说。

有一天我吃完饭就打开了《王者荣耀》，她一听到启动音乐眼睛就亮了：“你也玩这个游戏？”

“是啊。”我说。

“你什么段位？”她急急地问。

“最强王者啊。”我也想低调，可实力它不允许啊。

她一听就泄了气：“我是星耀，本来以为可以带你呢，没想到比我段位还高，哼。”

我赶紧安慰她：“别，我是用庄周上的王者，峡谷混子，你懂的！”

还有什么好说的呢，“开黑”啊，整啊！

她喜欢玩小乔（《王者荣耀》中的一位英雄角色）。开局的时候总是沉思半晌，自言自语：“选谁呢？唉，小乔吧！”玩起游戏来，就成了一个超级认真的小乔，对面的打野在哪、有没有大招、有没有

闪现门儿清。我天，我玩到了最强王者都不操心这些，我一定是个假王者。

每次逆风局的时候她都在念念有词“没关系，没关系”，我都不晓得她是在宽慰我呢，还是在给自己鼓劲。

强强联手也常常翻车，不小心也会几连跪。她便双手一摊，手机扔一边，眼睛望着天花板，自言自语地说：“哎呀，刚才大招交早了！”

认真的小乔啊！

为了便于叙述，下面就叫她“小乔”吧。

花会枯萎，爱永不凋零，小乔，要努力变强！

续二

我喜欢钢笔，在这个只需要敲键盘的时代，有这个爱好的人已经不多了。

也不记得怎么聊到这个话题，她一听激动得都要跳起来了。原来她也是个钢笔爱好者，赶紧回房间拿出了她的笔袋给我看，里面赫然有一支被网友吹上天的、我一直想体验的 Lamy（P.S. 用过之后感觉也很一般）。

她马上让我体验，让我写字，我们就交换钢笔写了些字。别看小乔很瘦很温柔，写字倒是横平竖直有棱有角，而我则写得有点柔了。

不管怎样，你有一个生僻的爱好，从不与人说起，因为你知道不会有人与你有共鸣，然后突然发现了有共鸣的人，是不是很激动？

“是谁来自山川湖海，却囿于昼夜、厨房与爱。”

一直对这句歌词一知半解，但我总想哼唱它，自从遇到小乔之后。

厨房真的是个能让两人感情升温的地方。那时候我们已经在一起吃了很多次饭了，双方的喜好和禁忌已经磨合得天衣无缝。她不爱吃辣，却很重口，要偏咸一点。正好，我也喜欢。

每天快到饭点的时候，我就发微信给她（或者她发微信给我）：“饿了吗？”

“饿了。”

“那做饭去。”

然后就听到她房间里一阵响动，她哼着歌儿欢快地出来，我们一起杀向厨房。

她很勤快，煮饭、择菜、炒菜、洗碗，逮到什么干什么。

当然我们总是一起做，她特别丢三落四，经常忘了盖上电饭锅的密封盖。每次被我发现，我帮她盖好也不忘嘲笑她：“某人是不是忘了盖盖子呀！”她总是一惊，才会想起来。

批评多了就皮了，小脑袋一晃，满不在乎：“一时大意啦！”

偶尔我也会忘了盖，她就一副抓到我把柄似的神态，长吁短叹道：“唉，某人啊某人，盖子都忘了盖。”

我脸皮厚：“‘智者千虑必有一失’你懂不懂。哼！”

那时候她就像一块磁铁，吸引着我，想时刻待在她身边。她做菜的时候，我就像跟屁虫似的跟在旁边，絮絮叨叨地说个没完。我注意到了她的耳垂和脖子，白皙，纤细，好美。

我做菜的时候，她也倚在厨房的门框上，和我随便聊些家长里短。其实我不太喜欢有人看着我做菜，会有压力。有时候我会说你去坐着就好，我做好会端出来；有时候我就让她在后面看着我，心里无比安定、踏实。

我们的饭量已经把握得非常精准，每次煮一锅，四六分开，她六我四（没错，她吃得比我多，她很瘦，吸收不好，所以必须多吃点才能维持体重）。用大碗装好，中途不再添饭，边聊边吃，聊她的学习，聊一起打的游戏，聊各自想到的趣事。

续三

回忆里搜刮出好些细细碎碎的小事，我想都写下来，就当回忆录了。

此处应该有音乐——许巍的《晴朗》。

这是初次的感觉
我想了解这世界
只因那利刃般的女人
她穿过我的心

你真心喜欢的人在你身边，那种如沐春风的感觉是深层次的幸福。

总之，那段时间我像着了魔一样，牵挂着小乔的一举一动。

平时我们会各忙各的，她在房间里搞学习，我则刷简历找工作，找朋友做些兼职的项目。

每当听到客厅或厨房里有她脚步声，我就会忙不迭地跑出去——

“小乔你在干吗？”

“小乔你饿了吗？”

“小乔你要出去吗？”

有时候小乔都受不了了：“哥呀，你也要给我一点一个人的空间嘛。”

惭愧，道理我都懂，心里的牵挂压不住啊。

小乔是一个喜欢散步的女孩子，每晚都会出去走走。

我想和她一起去——

“你要出去吗？正好我要去取个快递，和你一起出去。”

“这么晚了，我跟你一起，保护你安全。”

到后面，她会问：“我出去走走，一起去吗？”

再到后面，她会说：“走。”

我就丢下手头的东西，一起默契地去玄关换鞋。

我们散步的地方并不远，就在小区旁边的一所学校里。学校放寒假了，又是深夜，没什么人，去晚了甚至没有路灯，只有清冽的寒风、深邃的星空，有她，还有我。

我们在操场上，沿着塑胶跑道走了一圈又一圈。

我喋喋不休地说个没完，仿佛要把我这辈子的故事都说给她听，唠叨得她心烦。

有时候她走得很快，然后会突然停下来，一本正经地问我："你会不会跟不上？"

我一眼就识破她的小伎俩，就是想炫耀自己大长腿步幅大呗。

"对对对，你大长腿，一步顶人家两步，谁也跟不上！"

她得意地摇头晃脑，装出一副低调的姿态："不谈了不谈了！"每次都能让我笑得岔过气去。

续四

既然有人猜到了长沙，也就不用刻意掩饰了。

其时，我回长沙也不算久，深居简出的，哪儿都不熟，就想出去看看。以这个借口让小乔做向导，带我去长沙吃吃玩玩，岂不美哉？

谁知一打听，小乔比我更矬，在长沙念了几年书，活动范围不超过五公里。因为她太爱晕车，上车就晕，所以只能在脚力能及的范围内活动。

好吧，但是说到出去玩她还是有兴趣的，那我们就去省博物馆吧。顺带提一下，省博物馆有些宝贝是上过《国家宝藏》的，还有汉代女尸辛追夫人，都免费参观。

我们去博物馆有半小时车程，小乔一上车就屏气凝神，陷入自闭状态。

我平时开车很"佛系"，宁停三分不抢一秒。但是看到小乔难受，心里就特别急，一路暴走，哈哈，亲身验证在市区开再快也省不了几分钟。

目的地到了，小乔闭着眼、低着头、大衣领子竖起来捂住了口鼻，坚强地抵抗着晕车，浑然不知已经到达。

我偏着头看着她，心里泛起了阵阵怜惜，拿起手机偷偷地拍了一张照片，然后叫醒了她。

逛博物馆的过程就省略不表了。回去的时候她说不能坐车了，她要走走，累了再搭公交车回去。

“那怎么行呢，”我说，“要不你走吧，我慢慢开车，你累了我就接上你回家。”

“不不不。”小乔坚持要走路，让我不用管她。想到她坐车就晕，乘公交反而舒服点，我就先回去了。

“我一路发图给你！”小乔说。

于是我一路上，直到回到家里，手机“嘀嘀嘀”响个不停：

她到某某路口了，一张路牌的照片；

看到某某粉店了，好想进去吃，一张粉店照片；

看到卖啥稀奇古怪东西的人了，凑个热闹，一张照片；

……

“像个孩子一样。”我心里说。

然后眼看着天要黑了。

突然她不发照片了，我问她：“上公交了吗？”

没有回应。

“到哪儿了呢？”

没有回应。

我打个电话过去。

关机了。

我瞬间就慌了，怎么会毫无预兆地关机了呢？人到哪儿去了呢？手机被偷了被抢了？人没事吧？身上也没有零钱还能坐车回家吗？

天越来越黑，人还没回来，完全联系不上，真把我急死了。也不知道能干吗，只能坐着傻等。

终于，听到钥匙开门的声音，她回来了。

“你咋突然关机了呢？”我说。

“手机有问题，明明还有 20% 的电量，突然就关机了。”

好吧，没事就好了，虚惊一场。

我没有告诉她，失去联系的时间里我有多慌乱。

续五

小乔回来后似乎心情不错：“哥，刚才在路上我买了两张电影票，一会儿吃完饭我们看电影去呗！”

横店电影城，走过去也就五分钟。八点半的电影，八点出发就可以了，美滋滋！我乐呵呵地就做饭去了。

吃完饭竟然还有点早，坐一会儿，拖到八点钟，出发！

“你待在这里不要走动，我去取票。”

“OK，我等你取票。”

咦，情况好像有点不对，自助取票机老是不出票！试了几台机器，都不出票，咋回事儿？问服务员，服务员拿过手机看了看：“不好意思，你买的横店电影城不是咱们这个电影城，是横店电影城（XX店）。”我一查地图，乖乖，在 16 公里之外，也来不及赶过去了。

“气死了气死了！”小乔气得不行，“那时候我在路上走嘛，就想去看个电影，我记得咱们附近有个横店电影城嘛，当然买最近的票咯！”

好吧，“蠢萌”成这样，我能说什么呢？我保证不笑可以吗？

“没事儿啦，咱们回家看吧，联通宽带送的影音盒子里好多电影没看过的！”

“好吧……”小乔沮丧得很。

回到家，我们打开了久违的电视机，找了个好莱坞经典大片。为了营造电影院的效果，把所有的灯都关了。我们半躺在沙发上，盘着腿，我找了条毯子给她盖上。

“你也盖上。”她扯过半边毯子。

“好嘞。”我就盖上了，距离有点近，我有点羞涩。偷偷地转头看她，屏幕的光照着她，勾勒出她的侧脸，我一伸手，应该就能揽住她吧。

然而我没有伸手。

续六

小乔是一个特别爱猫的女孩，微信表情包里全是猫。她甚至记得小区里几只流浪猫的模样和出没地点，经常带点小东西喂猫。

有一次我看到零食盒多了几根香肠，拿过来准备吃。

她看见了，一把阻止了我："别吃，那是给猫的。"

我反手就一句"灵魂拷问"："给猫的我就不能吃？我重要还是猫重要？"

她竟一时语塞："你想吃我另外给你买。"

我假装生气："不吃了！伤心呢！人不如猫！"

……

你说是因为女孩子都爱宠物吧，她又不一样，她养的宠物是大家意想不到的。

因为很特别，我就不透露了，怕有熟人认出她。

令她着迷的事情是万物生长——一条毛毛虫怎么破茧成蝶，一瓣大蒜怎么生根发芽长成蒜苗，这些就是她饶有兴趣的事。

才搬进来不久，家里的窗户、阳台上就摆满了绿植，生气盎然。对比之前我"断舍离"的冷淡风，不得不感慨这屋子终于像个家了。

续七

补充一下，小乔爱猫也会给自己惹上麻烦。

有一次她在外面逗野猫玩，被猫把手抓破了。这下不好办了，得打疫苗。这疫苗还真麻烦，不是一次打完的，打了一针隔几天还得再打，要跑好几趟。打疫苗的医院在几公里之外，挺偏僻的，公交车都不到（至少没有直达车）。

那时候小乔跟我还没那么熟，不管我为她做些什么，她都觉得欠我人情似的。

我也不知道为什么，就是想帮她，强烈地要求送她去，她实在拗不过才答应。

喜欢一个人是什么感觉?

就是发自内心地对你好，什么都想给你。我没有的我可以去创造，然后再给你。需要的话，我也是你的，你可以随时拿去。

完全不需要表演，不需要套路，对方会感觉到的。

小乔，是不是你自己就是一只猫?

续八

一说到两个人相处，就有人问到哪一步了，牵手/接吻/上床了吗?

我无言以对，但是两个人朝夕相处肯定会有肢体接触的。

小乔看见我房间里的吉他："哥，你能弹给我听吗？"这可要了亲命了，因为对吉他，我都是三天打鱼三十天晒网。但是她都把吉他递到我手里了，我硬着头皮也得上啊。

得亏有些歌又简单又好听，比如许巍的《难忘的一天》。

阳光正温暖，一直照进我心里
如果没有你，怎么会有我今天
有时我会想起和你经历的故事
那些情景在飞扬，甜蜜又伤感
……

小乔托着腮蹲在旁边，听得如醉如痴，喃喃自语：“贼好听！”

小乔就是这样，喜欢什么就是“贼好听”“贼好吃”“贼好玩”，不喜欢就是“我呸”“你走开”。

散步的时候我会很严肃地告诉她：“多年以后，希望你能记得……”

“记得什么？”看见我很严肃，她也会认真起来。

“记得有这么一个冬天，记得这个校园，这个操场，这条跑道，有一个那么优秀的男人走在你身边……”我盯着她一本正经地说，“我简直好羡慕你！”

“我呸，我呸！”她意识到上了当，高声说，“你走开啦！”

我做出一副“拔剑四顾心茫然”的神情：“天地悠悠竟无我容身之地，除了待在你身边，你说，我还能走开到哪里去？”

她一字一顿地说：“你知不知道我很想揍你？”

我说：“知道啊，求揍啊！”

她哭笑不得，无可奈何，嘴一撇，扭头不看我。

“不想理你！”她说。

……

让我们把话题转回到蹲着听吉他的小迷妹身上。吉他一响，她的眼里简直闪着熠熠的光彩，跟我当年一样，吉他摔地上都觉得好听。

于是我问：“要不要学？”

“好啊好啊！”她很雀跃，又有点犹疑，“我学得会吗？”

“学得会！”我非常坚定地告诉她，“就两件事，左手按弦右手拨弦！”我为自己化繁为简的功力表示赞叹。

小乔真就认真地学起来。我买了本自认为最适合初学者的教程，手把手地教她。

其实她学习条件挺好的，手指又细又长。

我说："小乔，你看，我在网上找到了我们手指的对比照片。"

她笑得几乎生活不能自理。

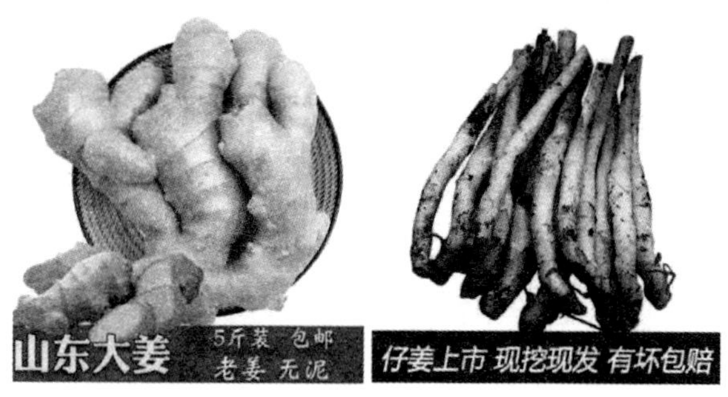

（左为我的手，右为她的手）

学吉他就免不了要教持琴姿势，纠正手型。我鼓起勇气，抓住她的手指，一根一根放在对应的琴弦上。靠得那么近，我闻到了她身上的香味，跟我同款的香味。

没错，就是同款。为什么同款呢，因为她看到我由于空气干燥掉皮屑，送了我一瓶面霜。说到这个又是另外一个故事了，暂且按下不表。

续九

日子一天一天地过。老实说，不好过，因为我没找到工作。

我严重低估了就业形势的严峻，又对我的行业在这个城市的需求太乐观，结果就是投出简历杳无音信。我一再降低薪资要求，机会仍然非常渺茫。加上之前玩了几个月，我的职业空窗期已经很久了，所以日渐焦虑。

怎么办呢，只能看书、学习，保持不要跟时代太过脱节。但是在家学习有点难，因为一不小心就会刷朋友圈刷知乎去了，所以我得找个正儿八经的地方学习。我找到了最近的公共图书馆，离家二十分钟路程，每当焦虑压头的时候就去图书馆看书。

那天去了图书馆，天突然下起了雨，一下就几十分钟，完全没有停歇的意思。我没带伞，怕是回不去了，手机也快没电了，赶紧给小乔发了个微信："7 点钟给我送伞哦，我在 XX 图书馆。"没多久，手机就自动关机了。

天一点点黑下来，雨没完没了，我已经无心学习了。看着外面川流不息的人群，一心盼着小乔给我送伞，带我回家。

盼啊盼，就像小时候盼着过年一样，对着路人一个一个数人头，心里直嘀咕：

"走来那个是不是小乔？不是，小乔没那么臃肿。"

"这个是不是小乔？不是，她没那种颜色的衣服。"

"这个是不是小乔？不是，都可以做小乔的妈了。"

……

不知道数了多少个路人，突然一个熟悉的身影闪现，小乔来了！我几乎在看见她的一瞬间就认出了她，心里像开了一朵花，抓起书本就冲了出去。

今天的小乔，不知道哪根筋搭错了，竟然化了淡妆。唇红齿白的小乔原来这么好看！就像从画里走出来的人儿一样，我看呆了。

“你干吗？”小乔被我看得有点不自然，“快走啦！”

“我不干吗。”我走在小乔前面，走两步就转过身来退着走，保持跟她面对面的姿态，因为实在舍不得把视线从她脸上移开，哪怕一秒钟。

在这之前，我已经无数次没有管住自己的嘴，认真地或戏谑地告诉过小乔：“小乔你真好看！”

她总是得意地一扬眉说“是呀我是超级美少女”或者“别夸啦，我早知道”，臭美得不行！

今天她似乎有点害羞，向上拉了拉围巾：“你别这样，你过分啦！”

“小乔，我都爱上你了！”我不受控制地大声说出这句话。

“你走开！”她说。

续十

这么多年我确实一直在一个人走，走过春末的南方城市，走过寒冷的内陆小镇。每个地方都有敞亮的主干道、高耸的写字楼，也有逼仄阴暗的巷子和市场。在我看来，城与城之间并没有什么不同，经过的地方我过目就忘。一直觉得自己是一棵漂泊不定的蒲公英，无法预知最后将落脚哪里。

直到遇到小乔。

每天早晨八点，我迎着清冽的冷风出门，在楼下拐角处冒着热气的早餐店里，跟老板说，“两块钱的酱香饼，一杯豆浆”，这是给小乔的。

提着早餐搓着手回家，开始给自己煮面条，顺便烧一壶热水。面条还没出锅，就会看到小乔睡眼惺忪地走出来。

“桌上有饼，快趁热吃吧！凉了就微波炉‘叮’一下。”

小乔有点迷糊地“嗯”了一声，倒了两杯热水，开始吃饼。我也坐对面吃面条，看着她吃。她消化不好，食欲很差，吃几口就会皱着眉，自言自语地说：“我实在吃不下了。”

这应该是我听得最多的话了。

“要不你上秤称一下看看体重掉了多少？”

她真就去站在体重计上：“我外套太重了，会有误差的。哥，你帮我托一下。”

我又得放下碗筷，帮她把衣服下摆提起来。（想起来真够智障的哈哈。）

“真的轻了，不行不行我不能再瘦了！”小乔像是找到了动力，努力地把饼消灭掉。

偶尔我也会起得比较晚，没去买早餐，微信就会响起来：“我在外面买饼，要不要给你带个粉？”

等我听到门响，厨房里一阵窸窸窣窣。走出来，桌上必然已经有一碗粉和一杯热牛奶。

我们对菜市场已经轻车熟路。买猪肉去那个叫啥啥黑猪肉的铺面，买青菜去左手边第一家大妈那里，还有买啥啥去沃尔玛……

每次我都捎带买点瓜子回去，小乔不嗑，我一个人嗑，就像减压似的，一不小心嗑出一大堆瓜子壳。嗑着嗑着她会来阻止我："不要嗑啦，你看你都嗑这么多了！"

我也怪不好意思："不嗑了，下次不嗑了。"

然而经过菜市场，我闭口不提买瓜子的事，她却像想起什么似的："是不是要买点瓜子回去？"

"上次买的瓜子你说不好吃，我记得是在那家买的，这次咱们换一家。"她记性这么好，我自叹不如。

我记住了路口红绿灯的读秒，记住了卖菜阿姨的容貌和神情，记住了楼下木耳肉丝粉的味道，我开始喜欢这个城市、依恋这个城市，尽管它的冬天这么寒冷。

"我要留下来，不走了。"我对自己说。

续十一

有时候吃饭时小乔会兴致很高。当然了，这也好吃那也好吃，能不高吗？

"咳咳，房东哥。"

"干吗？"

"有时候我有那么一丢丢伤感。"

"为啥？"

"你想啊，我考上研究生了，我就搬走了，我可能就遇不到你这

么好的房东了。”

我嗤了一声：“可不是嘛！”

“但是——”小乔拉长了声调。

“但是啥？”

“但是你也遇不到我这么好的租客了！”

“你可拉倒吧你！”我正色道，“这我可得纠正你一下，首先，你肯定能遇到像我这么好的房东，甚至比我更好！

“但是！听清楚了，我把话撂在这！你再也不会遇到我这么英俊帅气儒雅风度翩翩的房东了！”

小乔把筷子一摔，眼睛一翻：“哥，你看，看我的大白眼！”

“看就看，这可是你说的啊。”我就凑过去看个仔细。

小乔往后一仰头，铿锵有力地吐出两个字：“我呸！”

续十二

此处应有音乐——老狼的《月光倾城》。

早晨你来过留下过弥漫过樱花香

窗被打开过门开过人问我怎么说

你曾唱一样月光

曾陪我为落叶悲伤

曾在落满雪的窗前

画我的模样

时间过得很快，眼看着就要过年了。大部分公司在春节前停止招聘了，家里也在催着我回家。

回去干吗呢？春节那么长，无非是吃了睡睡了吃，我不想回去。

姐姐开始用各种好吃的诱惑我——

“我们做了什么什么特产你快回来吃呀！”

“我们包了好多好多饺子你快回来吃呀！”

一听饺子我就来劲了，你家有，我家也有！我把冰箱一拉开，码得整整齐齐都是小乔包的饺子。当然咯，我也有参与劳动，参与度约20%，小乔包四个我才包完一个的样子。

正苦于没地方炫耀呢，姐姐这是要“引战”啊！

竟然不信我有饺子吃，掏手机、拍照、发微信一气呵成，看你信不信。

结果姐姐看见图片就笑了：“饺子哪有这样包的，看我给你示范。”

姐姐发来了她的成果。

咦，好像也还行，肥嘟嘟的挺可爱。

但是不管了，当然是小乔包得最好，又好看又好吃。我一顿吃八个，放纵一点可以吃十多个。

我问小乔：“你看，和我姐姐包的饺子比起来，谁的包法更正宗？”

小乔一反过去各种臭美的常态，谦虚地说：“姐姐包得更好，你回去拍个姐姐包饺子的视频给我学习一下。”

呵，小乔，你别尿，我要给你讨个说法，发朋友圈盲测，让人民

群众评选出谁更好。

于是我发起了朋友圈公投。

民意更偏向哪个呢？你猜。

反正不管怎样，小乔就是心灵手巧，你同不同意？二选一：

A. 同意　　B. 必须同意

续十三

然而我们各自还是要回去的，我无非是在等小乔先走罢了。

不知不觉两三个月了，彼此都没有什么社交，她又去不了太远的地方，我们整天都在一起。一起去图书馆学习，一起去学校散步，一起去菜市场买菜，一起在家里宅着。二十四小时乘以几十天，彼此几乎都没有离开对方十米范围。

我的天，自从毕业后都没跟谁这么长时间地腻在一起过。一旦分开又会怎样，我还没想过呢。

但是小乔回家的火车票已经订好了，凌晨五点，到家刚好吃午饭。那么起码四点就要从家里出发去火车站，三点多就要起床。

头天晚上交代她：“定好闹钟，早点睡。”

她说：“好的。”

结果我一觉醒来，五点半了，怎么没听到闹钟响，怎么没人叫我，小乔走了吗？

我赶紧披衣下床去敲门（似乎是第一次敲她的门），叫她。里面传来了哼哼唧唧的答应声，我的天，她还没走，她忘了定闹钟！

“蠢萌”得一如既往啊！

还能怎么办，赶紧看看能不能改签。不能了，没有了，只能明天再走了。老天爷……不，小乔自己又把自己多留了一天。

最后一天，冰箱里的存货该消灭的要消灭掉，不然就留到明年了。我一边清点食物一边吐槽她——总以为自己很能吃，买回来往往放好久，以至于买的量稍大点我就要郑重提醒她：“你确定能在X天之内吃掉吗？”她只能嘿嘿一笑，心虚！

一箱紫薯，买回来好多天，隔几天就要扔掉一两个坏的，结果还是吃不完，我见一次吐槽她一次。

这次她把任务摊派给我了：“我回去之后你一定要把紫薯吃完啊！”

“行行行，交给我了！”

这一天没有学习，吃了晚饭就在客厅里看电影。我已经不记得是哪部电影，反正电影开始不到二十分钟，我已经睡得很沉了。

三点就该走了，这次订了四点的票。

那就走吧，去火车站。

深夜的长沙格外的冷清，我也难得看看长沙的夜景。那些高楼大厦，在我的学生时代耳熟能详，有多少回忆啊。可是看看旁边的小乔，一上车就眉头紧锁，闭着眼不发一语，进入抵抗晕车状态。好气啊，你这家伙，都要分开了，不能陪我唠叨几句？你看路边那么多粉店，看到每个招牌我都想进去“嗦”一碗，你不想吗？青椒炒肉粉加个蛋，不是你最爱的吗？

路太畅通了，我胡思乱想还没多久，火车站到了。

我叫醒她："到了。"

她懵懵懂懂地醒过来说"那我走了"，便走向售票厅。

我眼见她穿过那条阴暗的路，走到了明亮处，我也走了。怎么说也是一场告别啊，小乔，难道不应该有点仪式感吗，比如拖泥带水的道别，比如频频的回眸。可恶，你这没良心的家伙。

到了家，我问她上车了没有。

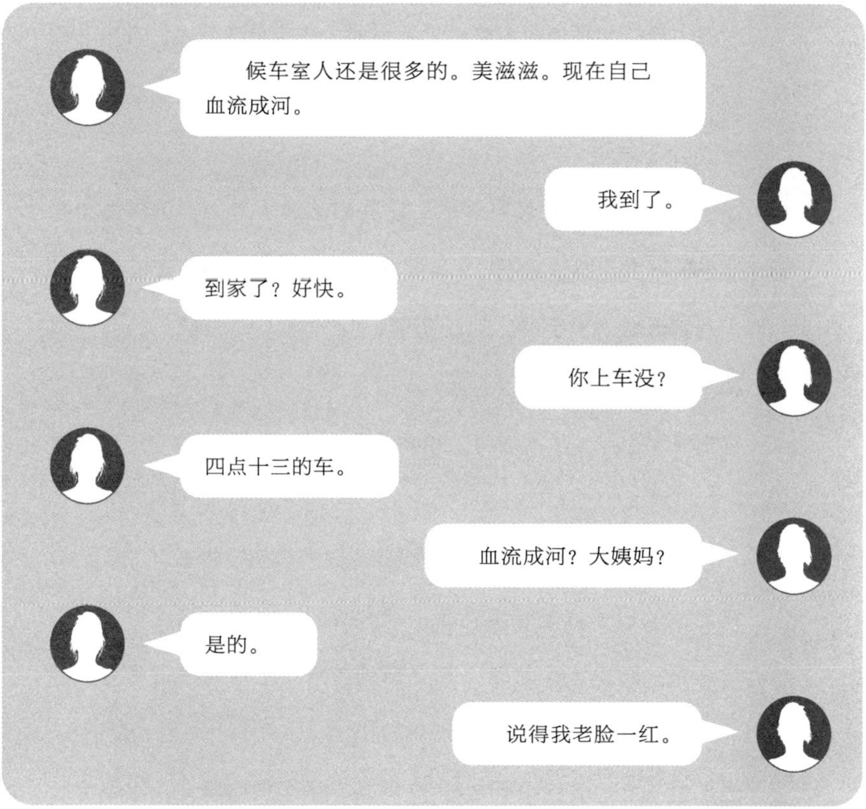

候车室人还是很多的。美滋滋。现在自己血流成河。

我到了。

到家了？好快。

你上车没？

四点十三的车。

血流成河？大姨妈？

是的。

说得我老脸一红。

你不是上车，你是开车啊，小乔！

不行，我要下车，这不是开往幼儿园的车！

突然想起当初我的移动硬盘读不出来，借你的电脑试一试，你哈哈大笑："哎呀，不就损失几个 G 的小电影吗？"你不知道我那个面红耳赤的窘样，小乔啊小乔，没想到你这细眉大眼的也是"老司机"啊，长沙费玉清吧你？

续十四

没有小乔的家是绝对不能称之为家的。送完小乔回去，安静、冷清、空旷，基本就是她搬进来之前的感觉。我似乎很久没有体会过这种感觉了。

饭也不想做，卫生也不想搞，这里站站那里坐坐都觉得百无聊赖。书也看不进，游戏也不想玩，不行，这地方我待不下去了。

于是当天就回了老家，走之前带走了小乔交代的紫薯。

吃不了我兜着走，可以的吧，小乔？

你离开了长沙，从此没有人和我说话。

续十五

在老家的日子就是浑浑噩噩，亲人的围绕让我暂时放下了没有小乔的不适。陪家人拉家常，陪外甥玩游戏，时间倒是安排得满满当当。

当然也不会忘了给小乔发微信："真的很没良心啊，回家就全心

全意地撸猫。”

叮，收到一张来自小乔的微信图片，哟嗬，自拍照吗？

点开一看，一只猫！每次都这样，烦人呢！

你就不能发自拍吗，正面拍侧面拍斜 45 度拍嘟嘴拍瞪眼拍顺光拍逆光拍 360 度转体加托马斯回旋拍……你本来有很大的发挥空间，真让人痛心疾首！

“小乔，摸着你的良心说，突然我不在身边，你习惯吗？”

“习惯啊！”

“你果然没有摸良心，再回答一次！”

“有一丢丢不习惯吧，破涕为笑 .gif”

“难得你有点良心，那有没有一丢丢想我？”

“我呸，你走开！”

……

“小乔我要跟你严肃吐槽一下我外甥，天天缠着我玩《刺激战场》，我走到哪跟到哪，老是跟我抢物资，一转身他就堵门口，中了枪就大喊大叫舅舅快救我，烦死了！”

“妈耶，你终于体会到我的心情了！”

呃，怎么回事，把自己绕进去了，我不会告诉你我就是《刺激战场》里小乔的跟屁虫，嘘……

春节在吃吃喝喝喝中浑浑噩噩地过去了。

初六我就想走，爸爸很不理解：“现在不用上班，为什么不在家里待久一点呢？”

“正因为还没工作，所以该早点过去找工作，大部分公司开始上班了。”

爸爸又开始长吁短叹我的婚事：“年纪不小了，不要再挑挑拣拣了。”

我任他唠叨，握着手机没有接话。其实我想打开相册，给爸爸看看小乔，告诉他，我不需要再找了，那个人就在这里。你看，聪明活泼伶俐上进还那么好看，是不是很满意？

但我没有给他看，甚至没有解释。突然想起从来没有跟小乔明确过什么，你是我的女朋友还是一个单纯的租客，我又是你的谁？房东哥？

如果我问你：“你能做我女朋友吗？”你可不可以别说“我呸，你走开”，能不能正面回答我一次？

能吗，小乔？

我没有问她。

续十六

我到了长沙，小乔也马上要回来了，这次是坐大巴来的，我去路口接她。车子快到的时候，就一直问她到哪儿了，她就一直给我发定位。眼看着那个小蓝点沿着一条因为拥堵红得发紫的高速公路越来越近，我感觉这个小蓝点就是——幸福。

她快到的时候，我是小跑着过去的。夜晚的街道，灯火通明，店铺基本都还没开门，路上一个人都没有，似乎这条路是我一个人的，

通往幸福的康庄大道。

我也很久没有这么满心欢喜地去迎接一个人。看到她时，还是熟悉的毛线帽、格子围巾、毛呢大衣，还有活生生的这么一个人。

十多天不见，她好像变了，说不上来变在哪里。白了？胖了？高了？不知道，反正好看，我心里的欢喜都要溢出来了。

我只想告诉她，我带了多少好吃的，你饿了吗？回去马上有的吃。我们甚至可以一个星期都不用买菜！

回家！

续十七

小乔一直不太能吃，随便一点点东西肚子就填饱了。每吃一顿饭，前半段是因为饿，后半段是强迫自己往嘴里填充。

为了保证营养，我们没少在饮食上面花工夫。吃的方面好说，无非是荤素搭配营养均衡，做几次菜就磨合得渐入佳境，我都能搞定。喝的方面就是小乔以一己之力攻关研究了。

为什么用“研究”这个词，因为器材之完备，原料之丰富，态度之严谨，只有“研究”二字才配得上。

我经常看她捣鼓她的瓶瓶罐罐，把什么橙子柠檬苹果梨子百香果白糖红糖冰糖蜂蜜搅来搅去，我作为她的首席产品体验官，则负责品尝做出总结。

每次看她捣鼓，我脑子里就会蹦出奇奇怪怪的字符，比如湖南拉瓦锡？长沙爱迪生？有一天灵光一现，竟然悟到了“控制变量法”的终极奥义。小乔，你一个文科生，屈才了啊！

产出也是可观的。毕竟都是好喝的东西混一起，最不济也就是“五味杂陈、一言难尽”，偶尔也有惊艳得让人拍案叫绝的作品诞生。比如有一款“蜜汁雪梨汁”，名字自取的，喝完我就激动了。

我说：“小乔，考什么研啊，咱们去开个果汁店吧，两年内把XX奶茶店干到满地爬。”

小乔白了我一眼：“你走开，本仙女志不在此！”

好吧，我本来有机会成为知名餐饮公司CEO（或助理），梦碎了……

续十八

此处应有音乐——任素汐的《我要你》。

我要 你在我身旁

我要 你为我梳妆

这夜的风儿吹

吹得心痒痒 我的情郎

我在他乡 望着月亮

你知道“茴”字有几种写法吗？

不是，你知道耳朵有几种掏法吗？

是不是用棉签或挖耳勺就完了？我告诉你，还有更好的方法，是

小乔告诉我的。

“小乔，祭出你的独门秘籍，给我掏耳朵吧！别把我当人，我就是你的小白鼠。”

小乔说：“先侧着头。”

“好的，我侧好了。”

然后一滴冰凉的药剂滴进耳道，嗡嗡嗡，就像一头扎进了游泳池。

“等几分钟，等耳道里的东西都泡软之后用棉签擦掉就可以了。”

就像洗洁精的抹布擦过玻璃桌面。

我说：“我看不到，你帮我！”

我这个小机灵鬼啊！

“好吧。”小乔拿起棉签，帮我轻柔地擦去耳道里的东西。

我有点尴尬，一尴尬就动作僵硬，口齿木讷，说不出话。

我想起中学时看到一对夫妻在街边晒太阳，老公仰面躺在老婆的腿上，老婆全神贯注地给他修鼻毛，我觉得他们很幸福。

我就是没来由地想起这件事，我想说小乔，我的耳朵承包给你吧，80 年免租金。

但是我窘迫得说不出话，只在心里说了。

续十九

前面说过，小乔是湖南拉瓦锡、长沙爱迪生，动手能力相当强。我光知道她能在厨房里折腾，没想到她在其他领域也无所畏惧。

有一天她到我门口叫我："哥，过来帮我个忙。"

"帮啥忙？"

"帮我染个发。"

"我天，看把你能的，这活儿不是凯文老师、托尼老师干的吗？"

"我们看看说明书就知道啦！你看，染发剂买都买了又不能退。"

好吧，"不能退"这仨字儿"扎心"了。

说明书上说，把 A 试剂和 B 试剂混在一起，抹到头发上，蒸干、冲洗就可以，貌似自己也能干。那就走起，今天我要化身托尼老师！

等到小乔披上一次性雨衣（姑且这么叫吧，就是理发店里那种）坐在我面前时，我看着镜子中的我们，突然有点魔怔，没头没脑地说了句："我们拍个照吧。"然后掏出了手机。

不知是想起张无忌给赵敏画眉，还是高晓松的"谁把你的长发盘起"，又或者古人结婚时会剪下各自一缕头发，纠缠到一起，永不分离，称之为结发夫妻，我突然有点惘然。或许那画面像极了旧式的夫妻照，女的端坐于前，男的站在旁边，手搭在女子的肩膀上，所以我拍下了我们那时的样子。

很小的时候给姐姐梳过头，长大了给初恋梳过头，现在给小乔梳头，一梳就是个把小时。

看着梳齿绕过她长着绒毛的耳垂，经过她白皙的脖子，我把她的头发握在手里，仿佛终于把握到了温柔又缥缈的东西。在指尖缠绕一下，就叫绕指柔吗？

小乔，我是托尼老师，还是谁？

“You know nothing, John Snow!”有个声音在说。

续二十

说个悲伤的事，我仍然没找到工作。

我是做互联网的。相信从去年开始，每个人听互联网缩招、裁员、寒冬的消息听到耳朵都起茧了。本人亲测，那都是真的！

但是春节已过，学校都开学了，又有人在打听租房的事情（屋子一共 3 个房间）。这个房子还租吗？得租啊，我缺钱啊。但是我心里是不想租的，原因你懂，但又不得不为五斗米折腰。

我就抱着这种纠结、憋屈的心态迎来了新的……看房客。

第一个来看房的人，礼貌、大方、讲话得体。

我问她：“你能和我们成为朋友，和谐相处吗？比如一个饭桌吃饭。”

她微微一笑：“可以的，我和同学们相处都挺好的。请问你介意我们吃饭的时候用公筷吗？”

情感上我能理解，但是我也不喜欢三个人用公筷吃饭那种略显尴尬的气氛，下一个。

学生确实比较单纯，下一个也非常的谦虚和礼貌。

我让小乔带着她随便看看，自己走来走去，心绪难平。我在生自己的气，为了几百块的房租招个外人进来，打乱我们的生活，我怎么沦落到这个境地？送走了看房的，我仍然心烦意乱。

对方礼貌地发来微信：“请问空调费用怎么算？”

我说：“不租了。”

这位礼貌的同学，原谅我，不是你的错，是你遇到了一个神经病房东。

我跟小乔说：“不租了，就住咱俩吧。”

小乔说：“嗯，你决定。”

“你要努力赚钱，不要让自己人受委屈。”我对自己说。

续二十一

或许开始有点沉重了，没办法，生活不全是童话。

突然收到一位老板的微信，让我南下创业。春节期间和这位老板接触过，也大概了解要做的项目。现在项目已经启动了，正是用人之际，而且我的互联网技能有用武之地，他希望我马上南下。

这是一个机会，能解决生存的问题，甚至还有那么一点微弱的发家致富的希望。但是，我就不得不离开小乔了。

去年我倒霉透顶，但是遇到了小乔，我感觉她抹掉了我之前遭遇的所有不快。现在，我就要主动离开她、失去她吗？

是谁出的题这么难啊，我根本找不到正确答案！

然而我并没有什么选择权，我已经用数个月的时间证明长沙没有适合我的机会，不能再耗下去了，必须走，毕竟生存是第一要务。

我问小乔：“如果我走了，你一个人住在这里，害怕吗？”

她说：“害怕。”

嗯，那我给你找个伴。我跟老板推迟了一个星期的出发时间，用

来处理自己的问题，然后开始给小乔招室友。

朋友们，你们能明白那种心情吗？不得不离开自己喜欢的人，而且去期已定，现在倒计时，在时钟的嘀嗒声里等铡刀落地。

在那种酸楚、煎熬、失落的情绪里，我等来了新的租客。我没记住她的名字，但我可以稍微安心地走了。

“我们要抓紧时间把家里带来的菜吃完！”小乔说，“你到了南方就吃不到了！”

续二十二

此处应有音乐，张玮玮的《米店》。

爱人，你可感到明天已经来临
码头上停着我们的船
我会洗干净头发爬上桅杆
撑起我们葡萄枝嫩叶般的家

去期已定的日子里，小乔有点忙，忙着安排我的行程。

“哥，长沙有啥你想去的地方，咱们一起去玩。”

“好啊好啊，豆瓣说北辰三角洲两馆一厅值得去。”

“好，明天我们一起去北辰三角洲！我来安排！”

不错，不知是什么激发了小乔，她突然变成了一个有担当的“女汉子”。

第二天冒雨前往，先去博物馆，门口站了几个穿制服的，拦住我们。

“有预约吗？”

“没有。”

“身份证呢？”

“咦，我身份证呢？”（摸口袋）

好吧，小乔，丢三落四我就服你！没人比你更丢三落四了……除了我。

搜遍了所有口袋，都没找到身份证（其实我也没带），小乔沮丧得长吁短叹。

我说：“没事儿，进不去展厅看不了展品不重要，重要的是谁在身边，跟谁一起看。”

毕竟我们还可以混进图书馆看书呀！

长沙图书馆的空调温度开得太高了，室内像个蒸笼，实在待不了太久。

想回去，可外面大雨滂沱根本出不了门。我们发现一楼有两个朗读亭，特别好玩，朗诵名家作品，配上应景的音乐，还可以上传到服务器给其他人欣赏。

我不会告诉你，小乔的朗读效果是怎样的，语速快得像有人在后面挥着鞭子驱赶。

小学生背课文，脑补一下？

我也朗诵了朱自清的《匆匆》。

“于是——洗手的时候，日子从水盆里过去；吃饭的时候，日子从饭碗里过去；默默时，便从凝然的双眼前过去。

“我觉察他去的匆匆了，伸出手遮挽时，他又从遮挽着的手边过去，天黑时，我躺在床上，他便伶伶俐俐地从我身上跨过，从我脚边飞去了。等我睁开眼和太阳再见，这算又溜走了一日。我掩着面叹息。但是新来的日子的影儿又开始在叹息里闪过了。”

那里还能找到我们上传的录音文件吗？

嗯，这就是小乔安排的一次出游，虽然她还多次问我要不要去附近的公园，我不想去，就守着家里的油盐酱醋，挺好！

续二十三

离开的那一天，小乔有点不正常。

她让我吃了一天的牛肉，中午吃牛肉，晚上又吃牛肉，今儿咋跟牛肉杠上了呢？我倚在门框上，看着她系着围裙翻炒芹菜和牛肉，突然想起，曾经跟她说过一件轶事。

我说，我大姐这人特有意思，每次我离开家去南方的时候，她就在家里炒一份芹菜炒牛肉，用饭盒装好，让我在路上吃。为了装多点，饭和菜都压得实实的，看着分量不大，其实一碗顶两三碗。每次如此，每次如此，后来都有默契了，每次离家必带一份芹菜炒牛肉。

我问小乔：“你这是沿袭了我大姐的优良传统吗？”

“哼！”小乔抿嘴一笑，头一偏，“不告诉你！”

呵呵，小丫头片子！

菜快出锅的时候，她夹了根牛肉丝尝了尝。

“嗯，好像不咸！”她皱着眉头说，然后又夹一根，伸到我面前，“你尝一下够咸不？”

我这不正在门框边吗，没着没落的，用什么接啊我？正慌乱不知道该去拿筷子还是直接用手接，小乔筷子一伸，牛肉丝已经喂到了嘴里。

我都僵住了，小乔你以前不是这样子的！

有一次吃饭时你夹了点儿菜，让我尝尝咸不咸，我下意识地张开嘴巴去接。你愣在当场，然后捶桌大笑，说我怎么这么没羞没臊，不用筷子接用嘴接！

可是今天！你让我心里好乱！小鹿乱撞！

吃完中饭，小乔把客厅窗帘都拉上了。

“我们看个电影吧。”

“什么电影？”

“《后会无期》吧。”

“为什么看这个？”

“上次看完《飞驰人生》的时候，你说下次看这个。”

我想起来了，看完《飞驰人生》我说韩寒还有个《后会无期》，里面不少话说得挺有意思。奈何小乔只钟爱科幻片，一直说以后再看以后再看。

以后可能没有以后了。

我们盘腿半躺在沙发上，坐姿比当初自然多了，盖着同一条毯子，也不用像以前一样中间留一条凹槽以示区隔。

我们隔得更近了，可是今晚过后就会很远了。

续二十四

此处应有音乐——Take That 的 *Rule The World*。

You light the skies, up above me
A star, so bright, you blind me
Don't close your eyes
Don't fade away, don't fade away
Oh Yeah you and me we can ride on a star
If you stay with me girl
We can rule the world
Yeah you and me we can light up the sky
If you stay by my side
We can rule the world

目的地有七八百公里距离，10 个小时车程。我本想着下午 6 点出发，明早 8 点到达，中间睡 4 个小时。

一直拖拖拉拉，拖到了 9 点。不行，该走了，再拖下去就是明天了。

小乔说："我送你去车库吧。"

我说："嗯。"

我提着行李走在前面，她提了一袋水果和零食跟在身边。离别时的压抑让我难受，走得迟疑又沉重，沉默得不知道说什么。我装作稍微开心点，跟她交代煤气卡放在哪个抽屉，万一遇到生活问题去哪儿找物业。

车库很快就到了，我把东西放到后座，站在车门边。

“那我回去啦？”小乔对我微微一笑，小小地挥挥手。

我头脑一热：“别走！”

小乔站住，大眼睛看着我。

我又屄了，憋出五个字：“不握个手吗？”

“好！”她大大方方地伸出手来。

我慌不迭地握在手里，看着瘦兮兮的手，原来也这么温软细腻。

握了好一会儿，小乔神情有点不自然，抽了回去。

“好啦，可以啦……”她说。

“可以抱一下吗？”我花光了所有的勇气，做了个张开双臂的姿势。

感觉人都虚了，轻飘飘的。

“嗯。”小乔没说话，低着头，往前欠了欠身子。

我像是得到了莫大的鼓励，把她抱到了怀里。

香，瘦……这是当时的感觉。

我努力地控制自己加速的呼吸和颤抖的身体。

良久。

她拍拍我后背：“可以啦，别搞得像生离死别似的。你以后不是还可以回来吗？”

我放开了她，她脸颊通红，目光躲躲闪闪的不看我。

我说："你回去吧，我走了，有空会回来的，现在交通很方便。"

她低着头往回走。我突然想起了什么，叫住她。

我说："有个事情，说出来你不要多想。我的意思是……你房租可以不用交。"

小乔说："不不不，我有钱，该交的还是要交的。"

我解释说："我不是要用这钱跟你交换什么，纯粹是希望你不要有额外的压力，专心搞好学习。"

"我爸爸会给我钱，我真的有钱。"小乔说。

"行行行，你有钱，我也觉得那话说出来怪怪的，我就是真心希望你好，"我说，"我能做的不多，这是我确定做得到的。"

"我也希望你好。"小乔说。

"会好的，"我说，"我想做的已经说出来了，你不要有压力，回去吧。"

她走到尽头，转身对我挥挥手。

我也挥挥手，看着她进门，我上车，按下了启动按钮。

续二十五

此处应有音乐——韩寒的《奉献》。

长路奉献给远方，玫瑰奉献给爱情

我拿什么奉献给你，我的爱人

白云奉献给草场，江河奉献给海洋

我拿什么奉献给你，我的朋友

我拿什么奉献给你，我不停地问

我不停地找，不停地想

外面细雨蒙蒙，是我抱怨了无数次的长沙的天气。

我穿过灯火璀璨的街道，在导航的指引下前进。很快，车子就开出市区，到了收费站。ETC 的杆子迅捷地抬起，而我，即将一头扎入未知的生活。

空载的车子格外轻盈，轻踩油门、提速、并道，我以一百二的速度将这个城市抛在身后。

后视镜里一片朦胧，城市也变得遥远，只有那片更亮的夜空昭示它的位置所在。

半个小时前我也是身后夜空下万家灯火的一分子啊。

平时这个时候，我应该在那林立的高楼中，某个不起眼的窗户里，橘色的灯光下问小乔："要不要来个甜酒冲蛋补充一下营养？"

"不要，不想吃。"她一定会噘起嘴巴，这么说。

短期内不会有这样的场景了，我想，明天我就将在一个温暖如春的地方，潮汕米粉、早茶、白切鸡……当然不会有青椒炒肉粉，不会有甜酒冲蛋，更不会有她做的芹菜炒牛肉和冲好的热牛奶。

我有些黯然，我会尽快回来的！如果公司发展顺利，我就复制业务模式，到长沙开分公司。现在哪儿我都不想去，只想去长沙，我已经忘了吐槽过一万次的长沙的冬天。

打开音乐软件，找到《飞驰人生》的片尾曲——《奉献》，音量开到二十，点了单曲循环。没有人会知道，在漆黑的夜空下，G4 高速上，一辆飞驰的小汽车里，有人泪流满面地大声歌唱：

“我拿什么奉献给你，我的爱人。我不停地问，不停地找，不停地想……”

续二十六

特别矛盾，没人管的时候会因为寻求认同、理解、温暖不可得而孤独，有人瞩目时又觉得如果没人看着我该有多快乐。

匿名让我可以肆意挥洒自己的幸福和忧愁，可以毫无道理地分享自己喜欢的歌。但是，猝不及防被朋友认出来了，我有点蒙，似乎被人识破了真面目就不会说话了。下午本来有时间，一直坐在窗前发了许久的愣，什么都没写。

朋友说，这个故事从被人看到之时起，就已经不完全属于你了，你该写完。好，我一定把它写完。

《人类简史》里说，人类发展到现在，物质水平提升了不知道多少，但人类的快乐或许跟过去并没有区别。多巴胺的分泌会调节，不会让你持续地处于快乐中，同样也不会持续处于悲伤中。

到了新的地方，我也很快从离别的伤感里走了出来。

是呀，有什么大不了的呢，全国任意两个地级市都有办法在两天之内抵达，我和长沙的距离也不是无法逾越。过来之前我都查好了，每天晚上有两趟火车从现在的城市出发，次日 6 点多到达长沙。哪怕明天想见到她，我也可以买一张今晚的卧铺票，在她睡醒之前出现在她面前。

如果想和她过周末，我可以在星期六的清晨到达、星期天的傍晚离开，整整两天，不浪费一丁点儿时间。何况，她也可以选择报考广州的高校啊，广州高校那么多，总有适合她的，这里温暖湿润，她一定会喜欢。

所以长远来说，我不是远离了她，而是靠近了她。我为自己的深谋远虑暗暗点了个赞。

所以，小乔，好好学习吧，考到广州来。不是有句“鸡汤”说，哪有什么岁月静好，是因为有人负重前行。我就愿意做负重前行的那位，全力支持你过理想的生活。

生活陡然更加光明了呢!

续二十七

思念全靠微信维系。每天中午 12 点下班，下午 6 点下班，顺手就会通个电话，听她絮絮叨叨的。

说我走了之后饭都吃不好了，新来的室友基本不打照面，一个人做饭把握不好量，煮少了盖不住锅底，煮多了又不想吃剩饭剩菜。

她添置了新的汤锅，特好用，只要设置好就可以有汤喝，不用花太多时间在厨房了。

买了新的衣服，又便宜又好看，“你看是这个样子的。”

当当网老是搞活动，买书差一两百问我有没有想凑单的。

换了种洗面奶，“你看看痘痘好像都没有了呢。”

我没带走的书她拿了几本过去，感觉哪本哪本写得怎样怎样呢。

……

她说什么我都乐意听，就算不说话我也不想挂电话。有一次通完话，她看了二十分钟书才发现还没有挂断。

她说：“你怎么不挂电话呢？”

可我为什么要挂呢？只要你不挂，我就可以一直听着，听你说话、听你翻书、吃东西、睡觉、打鼾……都行，如果你真的打鼾的话。

续二十八

可是，我最想看到的还是你的人呀。

手机里存着 3 张偷拍、若干张正经拍、3 段视频，每天翻来覆去地看。以前不觉得有什么问题，现在才知道根本不够看。为了骗张照片，威逼利诱坑蒙拐骗的手段都用上了。

“咳咳，今日份自拍该发过来啦！”

“好嘞！”

叮，收到一张图片，满怀希望点开一看，果不其然……是一只猫！

这样的骗局天天都在上演，还无处申诉，我的痛谁能懂？

有时候，我还要出卖色相自拍一张做等价交换。

“哇，你照片好土！”小乔在那边说。

“嗯，”我已经宠辱不惊，“㞞归㞞，礼尚往来的规矩不能破。”

于是，就能收获一张嘟嘴的、捂脸的、搞怪的照片。

能正经点吗，小乔，我是认真的！

续二十九

可是，不管你承不承认，山水迢迢的无奈是客观存在的。

她说洗衣机突然不脱水了，不知道怎么办。

厕所的门被风吹得反锁了，不知道怎么办。

新来的室友行踪飘忽，整天都见不着人。

她要开着灯睡觉，因为不确定室友在不在家，不知道屋子里是不是只有她一个人。

我傻傻地说："你敲敲她的门，或者微信问问她就知道了。"

"可是，万一确定她真的不在家，我怎么办？"

突然很心疼。

还有，打不开瓶盖怎么办？

种种细碎的小事，如果我在身边可以举手之劳轻松解决，但现在，只能看着她独立自强。

（图为小乔用菜刀剁开的瓶盖）

这种感觉，你能体会吗？

小乔只是个"脆皮"法师，不应该有这么爆炸的物理输出。我应该化身张飞，一个"二技能"跳过去，给她加个护盾。但是我做不到，"二技能"跳不了 800 公里远。

续三十

苦涩也是有的。

有一天小乔给我发了一张淡妆照问我效果如何。

我说："不错，是你X地的闺密来看你吗？"（她跟我提过）

她说："不是，是个男的，很久没见了，明天中午带他去吃火锅。效果可以的话明天我就化这个妆咯？"

我说："可以。"

第二天中午，我说我也想看看收拾打扮后的小乔，她说在吃东西。晚上8点发微信说在洋湖湿地公园，好吧，9点打电话没人接。就像烂大街的剧情一样，我开始胡思乱想。

几个月都没有跟任何人来往，今天会是一个什么样的朋友呢，为什么这么晚还不回家？

内心戏狂飙。

"你不应该这么八卦，你不该这么想，你要阳光一点大度一点！"

"可我就是那么想了，前男友？追求对象？到底是谁……"

左冲右突，我要"爆"了。

我只能找我姐说："我难受，控制不住地胡思乱想，情绪无法释放。"

我姐说："那你就告诉她你的真实感受。"

于是我说我吃醋了。

直到十点多，她回来了。

我又说，吃醋的感受不好，她没有回话。

有什么关系呢，过几天就好了，反正清明节假期快到了，我也要回长沙，马上可以看到小乔了。然后再过若干天，我就过生日了，再请假回来。

“一起过生日好不好？”

“好！美滋滋！”小乔说。

归心似箭，终于到了假期。进了小区，已经一扫冬天的阴冷，有了暖暖的太阳。心情愉悦，如沐春风。开门进去，目光所及全是熟悉的样子，小乔还没起来。

起来后，高高兴兴地带我去吃粉，是她最新发现的味道不错的粉店。听她弹最近学到的曲子，让我看看琴艺有没有精进。

真好。

不好的是，她还是忙于学习，上午下午雷打不动。

前面两天不觉得有什么问题，第三天我终于忍不住了：“小乔，我回来好几天了，你真的没有想过分出半天时间陪陪我？随便走走也好，坐下聊聊天也好。”

小乔像突然醒悟，歉意地笑：“是的是的，我们出去走走吧。”

这次可要多拍点照片了，不然怎么度过分开后的漫漫长夜。

散步回来的路上，接到爸爸的电话，又唠叨了一顿要快点找女朋友早日结婚。

小乔说：“是你爸爸吗，我觉得他催得也对，你应该多接触一些女孩子，找个合适的结婚。”

我心里一沉。

吃晚饭的时候，我突然没头没脑地问她：“为什么你说要我多接触一些女孩子，难道不应该直接接触你吗？你一直知道我喜欢你，你喜不喜欢我？”

“不喜欢。”小乔没有丝毫的犹豫。

我不敢相信我的耳朵，以为她还在开玩笑，用凝重的语气跟她说：“你认真点回答我，以这一次说法为准！”

“不喜欢，”小乔很肯定，“我已经有喜欢的人了。”

我大脑一片空白，说不出话。

在抖音看过多米诺骨牌表演，码得多么宏伟的城堡也会在十五秒内坍塌。此刻，我心里那个美轮美奂的城堡和花园，也坍塌了。

我味同嚼蜡地吃完饭，也没有收拾，麻木地走进房间，一语不发。

微信响了，是小乔的转账信息，两个月房租，我一声苦笑。

“不喜欢而已，马上就变成赤裸裸的金钱关系了吗？”我点了立即退还。

“没有啦，应该交的。我已经有喜欢的人了，是一个小学弟，跟你提过的。”

好像是提过，某一次她问过我跟小男生在一起会不会觉得对方不成熟。

当时我完全没有放在心上。

上次折磨得我寝食难安的事情，她似乎毫无印象，都是我庸人自扰吗？

她再一次发来微信转账。

我收下了，有什么东西在此刻画下了句号。

第二天，我还要在家里待一天。耍小聪明多争取到的一天假期，现在变成了讽刺，我躺在床上度日如年。

早上她发微信给我：“要给你带个粉吗？”

我没要。

中午发微信给我：“要给你带个粉吗？”

我说：“好，我饿了。”

木耳肉丝粉，她给我额外加了一个蛋，在难熬的沉默中吃掉。米粉 6 元，鸡蛋 1.5 元，共计 7.5 元，满脑子想着要不要转钱给她。

“你晚上想吃什么菜，我一会儿去买。”她说。

“我不吃晚饭了。”

吃完粉我还是没收拾，从昨晚开始就没有进过厨房了。

那个 10 平方米的空间，曾经有无数细碎、温暖、平凡的笑闹，以后都不会有了，我不想再踏进一步。我只想时间的变速齿轮能调快点，快快逃离这个地方。

“我送你去公交车站吧。”她说。

我默然，算是同意。

一路沉默不语，走到公交站台，很快车来了。

我说：“我走了。”

她挥挥手。

“握个手吧。”我伸出手。

她略一迟疑，我们握手道别。当我坐到车上去人群中搜寻她，她已经不见了。

“告别的时候，还是要用力一点，因为你多说一句没准就是最后一句，多看一眼，弄不好就是最后一眼。”

——韩寒《后会无期》

我是不是应该伤心欲绝，坐在火车上旁若无人地掩面哭泣？

没有，我神情木然，恍若隔世。灵魂好像飘起来了，无着无落，又如同伫立荒原，看天地苍茫，而自己无所依傍。昏黄的灯光下，站台在慢慢地倒退。

原计划 20 多天后会重新回到这里，在温馨的屋子里一起吹灭蜡烛。现在应该不知归期了吧，就让那些隐忍和冲动葬在这里好了。

“上车了。”我发了条微信。

“好的，希望再见的时候是彼此最好的样子。”她回复道。

我有点恍惚，会在哪里再见呢？什么样的心情，什么样的场景？

好遥远，好缥缈。

此处应有音乐——老狼的《虎口脱险》。

把烟熄灭了吧，对身体会好一点

虽然这样很难度过想你的夜，舍不得我们拥抱的照片

却又不想让自己看见，把它藏在相框的后面

把窗户打开吧，对心情会好一点

这样我还能微笑着和你分别，那是我最喜欢的唱片

你说那只是一段音乐，却会让我在以后想念

说着付出生命的誓言，回头看看繁华的世界

爱你的每个瞬间，像飞驰而过的地铁

说过不会掉下的泪水，现在沸腾着我的双眼

爱你的虎口，我脱离了危险

删除了备注，取消了置顶。她会在我的聊天列表里沉下去吧？沉到三页以后的人一般我就记不得了。

那就自然地来吧，悄然地去吧，去到应该去的地方，直至淡忘。

好些天都没有人跟我说话。我打开 QQ 音乐，突然很想听一首歌。

可是，歌没了，下架了。一个人的真正离开，就像歌曲的突然下架，不会有一声“再见”。

我跟姐说：“活着有什么意义？我觉得非常空虚。我这么难受，就想听听歌治愈一下而已，结果发现一首歌它都不给我。是不是老天笃定了在这一个月里要把我喜欢的一切都带走？”

姐说：“怎么会没意义？还有那么多爱你的人。想想你的家人，为你付出过多少，不论你贫穷富有辉煌还是落魄，时时刻刻为你守候。”

我沉默了半晌：“你说得有道理。”

此后的一段时间都没有和她说话。

直到有天看到有人发了个朋友圈，说有一个俊美的神，因为太俊美了，在河边看到自己的倒影，深深地迷恋上了自己。

突然想起以前总是和小乔自吹自擂加互相打压（不，她单方面打

压我），手一抖转发给了小乔。

她哈哈哈地笑了，然后说起她的近况，说她最近焦虑、失眠、神经衰弱。

我还是心疼，又有点尴尬。

“睡前跟男朋友通电话，让他哄到睡着吧。”我这么建议她，心里有点隐痛。

“没用。”她说。

“那就不要想太多，只想明天，”我说，“毕竟后天的事情都难以预料。”

第二天她告诉我，好开心，昨晚睡得很好。

“因为我远程发功了嘛。”我习惯性贫了一下。

“我一直暗示自己只想明天的事，结果睡着了，”她很高兴，“美滋滋！”

“房东哥，你那个房间要不要租出去，我想找个考研的同伴一起搞学习。”

我心里一颤，小乔，那么意思是我唯一回长沙的借口也没了吗？

“算了，那个房间没有空调。”我这么回复她。

总之，为她能睡好觉而高兴，但是我似乎没有太多要说的话了。

开始发现，我不再是每段对话里最后发言的那个人了。

聊天也回不到过去了。我要字斟句酌，注意措辞，把握分寸，掂量身份。亲昵一点的关系会让我迷惑，我已经落荒而逃，泅渡到了对岸，目送你离开。

我是放完大招的明世隐（《王者荣耀》中的一个英雄角色），热情已经倾囊而出，现在血槽空了，一碰就死。我得回城，去泉水里回血。

是时候说再见了，也和这些天等着我更新的朋友们。作为当事人，我更希望有个圆满的结局，但是我给不了。这就是生活的真相。

还有什么遗漏吗？我在想。

有的，一个眼神，一句玩笑，一个表情……太多了。

我说："小乔你记得有一次去吃火锅的路上，我讲了个冷笑话把你笑得直不起腰吗？"

她说："不记得了，当时我们说拍成抖音一定会火，可是我也不记得了。"

日子接踵而来，我们都没有时间回顾过去，许许多多细碎的瞬间注定消逝在岁月里。还能缅怀的就是留在手机里的照片，我没有删，也没必要删。倒是突然想起，小乔也经常主动给我拍照片，但每次拍照都是用我的手机，从来没用过她的。或许从头到尾，她都没打算留下我的痕迹吧？

大梦初醒，荒唐了一生。

所幸人生很长，什么是开始什么是结束并没有那么清晰，或许我们还可以满血复活，以满腔的热忱投入生活。祝福那些赤诚热爱的人们，不管是爱人还是爱事业爱生活。

"我不再装模作样地拥有很多朋友，而是回到了孤单之中，以真正的我开始了独自的生活。"

——余华《在细雨中呼喊》

用哪首歌结尾呢，我想到了这首，完全没什么道理，就是想到而已——*The Sound Of Silence*。

Hello darkness my old friend
I've come to talk with you again
Because a vision softly creeping
Left its seeds while I was sleeping
And the vision that was planted
In my brain still remains
Within the sound of silence

续三十一

小乔看到这帖子了吗？她会不会十分感动然后跟房东哥峰回路转？

答：看到了。不会。因为这全部是一个老男孩的主观想法，切换到小乔视角有可能是截然不同的故事。就当我说了一通梦话，让这个故事过去吧。

要相信和尊重每个成年人的选择。不要有太多一厢情愿和欲言又止。

—— 我身体不舒服……

—— 开门。

同桌往事

直到后来我才知道，这些被命运明码标价的东西，其实是被我莫名其妙的骄傲消耗了。

我的高中同桌是优秀到被同学孤立的那种女孩。她身形小巧，长得漂亮，成绩也好。记得有一次上数学课，她一直低着头做题，没有听讲，结果突然被老师叫去黑板上解一道难题，她写了满满一黑板。那个老师特别爱损人，班里几乎每个同学都被他羞辱过。我们看她解出了这道题，都觉得特别解气，全班热烈鼓掌。后来班里一个黑黑胖胖、自带老大气场的女生大声地咳嗽了一下，掌声又马上变得稀稀拉拉了。

我的同桌脸红到了脖子根，迅速从我身后绕过来回到了座位上。之后的半节课她一直趴在桌上，老师也没再叫她。那时，我刚跟她同桌不久，见她神情窘迫，就写了张字条给她，大概写的是“别在意别人什么反应，你很棒啊，能帮我学数学吗？”她看完字条，有点害羞，回了我一个“好”字。从那天开始，她就一直督促我学数学，连我妈妈都特别感谢她。本人作为一名沉迷玩乐队的“学渣”，高考数学能考到100多分，正是因为我的这位女同桌让我喜欢上了数学。

虽然她在本班里人缘不太好，但她也有一两个其他班的朋友，平时课间不是跟朋友们出去，就是在座位上写作业。她家的经济条件可能也不太好，她的校服被洗得发白，女生们课间时常买零食交换，我从没见她买过。之前我有一个哥们儿想追她，给她买了一大包糖果，托我转交。我看到她拒绝的时候，盯着那包糖果，很明显地咽了一下口水。那一瞬间我突然特别心疼，对她说你不要的话我吃吧。我剥了一颗放进嘴里，又剥了一颗塞进她嘴里，她笑眯眯地嚼起来。其实我不爱吃糖，但那颗草莓味的阿尔卑斯特别好吃。

有一次我的乐队在学校礼堂演出，我问她去看吗，其实心里还挺期待的。结果她说周末要带弟弟，又说：“她们……可能不想让我去。”我当时特别愤怒，在班里很大声地说：“我想让你去看我们演出！”她急得站起来捂我的嘴，我也毫无招架之力地被她捂着。班里的同学开始起哄，她又马上坐了下来缩在座位上。我看到她那受气包的样子，真想骂她，又于心不忍，我不知道她在怕什么，为什么总在忍受。我对那些起哄的同学大吼：“起什么哄！有病啊！”那个黑胖女生回了我一句：“你有病，我有药啊，你要吗？”我没理她，出门去排练了。

结果在演出前，鼓手滑雪摔断了胳膊，只能由琴行里的一个老哥来代替。演出时，我在人群中瞬间找到了她。那天学校不要求穿校服，女生们都极尽所能地打扮，只有她穿着校服，我特高兴。她抱着一个五六岁的小男孩，那娴熟的手法，就像个小妈妈。旁边的琴行老哥说："那个穿校服抱小孩的女孩长得不错啊。"我有点不爽他那副德行，随口说了句："这是我的妞。"随即找到了台下那个正忙着"把妹"的摔断胳膊的鼓手，让鼓手把她的座位换到前面来。鼓手乐呵呵地去找她，我远远就看见她正在拼命地朝鼓手摆手表示拒绝。鼓手哥们儿没辙，朝我耸了耸肩，我真是拿她这种性格无话可说。

正值寒冬，她只穿了一双旧的滑板鞋。我回家跟我妈说，我想送教我数学那姑娘一双鞋。我妈觉得我特别懂事，周末就带我去商场给她挑了一双。我担心她不敢收，就放在校门口的商店里，写了张字条给她，让她放学去取。放学时我远远地跟着她，见她像个贼似的钻进商店，然后紧紧抱着盒子像抱着宝贝似的溜了。可惜那双鞋跟校服并不搭配，但想到她会很暖和，我就觉得很安心。

其实那阵子班里在传我俩的绯闻，我心里还是很得意的。毕竟她又漂亮，成绩又好。可是后来，我做了一件特别过分的事，打破了原有的那份安静的幸福。

有一天课间，我在班里和朋友玩"飞鹰十三张"，我抽中了一张写着"给下一个进班的女生写情书"的任务卡。我飞快地瞟了一眼我们的座位，她不在！我心里开始隐隐期待下一个在门口出现的会是她。果然，她拿着水杯从外面回来了，大家都用异样的眼神望着我。我很得意，花了两节课，调了座位避开她，认认真真写了人生中的第

一封情书。放学以后，我郑重地把信交给了她，让她看完一定要给我回信。其实任务里面只说要我写情书，并没有要求对方回，这个要求是我自己加的。

我回家忐忑了一整晚。第二天一早晨读课，她塞给我一张字条，谁料鼓手哥们儿从最后一排冲过来，一把抢走了字条，大声说道："杨，你赢了！你不光写了情书，还收了回信哪！"班里同学瞬间哄堂大笑，我立马去抢，他把字条扔向了同学们。只见一个女生接到后转身递给了那个黑胖女生，她朝我同桌邪笑着说："你来拿，我就给你。"我把同桌推回座位，想自己过去拿，结果她立马打开字条大声地念出来："杨，我答应你，但是我们要约法三章……"她的声音很快被笑声淹没。我转头看同桌，她趴在桌上，一定是哭了。我情急之下大吼了一声"都给我闭嘴！"班里安静了下来，下一幕就是我们楼层管理早读的老师冲进班里，吼我出去罚站。我出去前，又看了她一眼，她仍趴着。我默默地想着，回来就跟她好好解释——我是认真的。

我在外面站了一会儿，班主任来了，要我去办公室写检查。我几笔写好，老师觉得不满意，又罚我站了两节课，等我回到班里，发现她和她的书包都不见了。我疯了似的冲到最后一排，一拳打向鼓手哥们儿，他一脸难以置信地看着我，我冲他喊道："别人不知道我的心思，你他妈还不知道吗！"

因为打人，我被勒令停课一周。等我回到班里，发现我们的座位都是空的。前排女生回过头来对我说："杨，你太过分了！她转去五班了。”我们班比五班成绩好得多，她居然为了逃避我而去了成绩不好的班级。

我去找她，她看都不看我一眼；我托人带话，都没有回音。还是那个前排女生告诉我，五班班主任开班会时顺口说了一句“约法三章”，引得他们班同学哄堂大笑。我的一颗心揪着过了好久。

事情发生不久之后，我在学校羽毛球场堵住她。她从牙缝里对我挤出了“你真恶心”这四个字，眼神里面流露出一种坚定的恨意，陌生到简直让我认不出她了。我当时的心理活动是，难道我们连这点默契都没有吗？很明显我们之前就是处在暧昧状态啊！我看不懂，她能对任何人隐忍，为什么偏偏对我这么苛刻。

直到后来我才知道，这些被命运明码标价的东西，其实是被我莫名其妙的骄傲消耗了。

高二那年的冬天特别冷，雪下得特别大，可她不再穿我买的鞋了。我还知道有个男生对她特别好，也是一个全年都穿全套校服的男孩，成绩也很好，后来去了国内某顶尖大学学经济管理。在我们那个时代，年满 18 岁且特别优秀的高中生，得过省级优秀团员就可以入党，那小子得到了这个入党名额。

过完年，我就去北京上艺考培训班了。那段日子过得比较舒心，因为看不到她，可以想她，与她过往的点点温存可以支撑着我的生活。但是我不能想到她那个充满恨意的眼神，每次一想起来，感觉就像噩梦初醒那样心慌。

鼓手哥们儿高考前选择了休学，去琴行打工教鼓，放弃了高考。

他现在是一家滑雪场的教练，开着一辆小吉普，生活也挺潇洒。只是我们很少聚了，因为不在同一个地方生活，也都没再提起当年的事。

我跟妻子刚恋爱的时候曾经跟她提起这事，她分析，同桌的原生家庭对她后天性格的养成影响很大。可能其他人对她再过分，都没有她的亲生父母对她过分，像周末要照顾弟弟，冬天穿单鞋，没有校服以外的衣服……所以她虽然能忍受同学的霸凌，但其实骨子里又自卑又骄傲。她曾经很在意我，后来却认定是我耍了她，和那些欺负她的人一样。

也许正因如此，后来不管我再怎么向她解释，她都不会再接受我。高三那年的春节是我爸妈来北京陪我过的。他们回去时，我请他们带了礼物给同桌。我妈后来告诉我，一开始同桌百般推辞，实在推托不过这才收下了，对我来说算是些许安慰吧。我参加完艺考回到学校，已经是高三那年的四月了。家乡的四月，天气特别舒适，空气里有一种雪消融以后的香味。我回到班里，发现原来那些同学有调去后进班的，有休学的，有恋爱的，有分手的，恍然间产生了一种物是人非的感觉。

我看到了她，还是老样子，脸白白的（现在想来可能是因为营养不好），马尾辫扎得老高。我托人给她送去了一袋零食，她分给了周围的人，还委托这个朋友转告我，以后不要再去打扰她。我当时很生气，我承认自己脾气不太好，但对她已经很有耐心了。她把全世界人对她的恶意，全算在我头上，这公平吗？

高考完第二天，学校为我们举办毕业典礼暨成人礼，这也是我们乐队的最后一次校园演出。键盘和鼓手退出了，只好请低年级的学弟来凑。作为主音吉他手，我坚持要唱一首歌，还是流行歌曲，他们笑骂我是“摇滚的叛徒”。我唱了一首林志颖的《心云》，这是一首很老的歌，歌词甚得我心。

唱之前我拿着麦克风说：“这首歌送给我一位特别重要的朋友，希望她毕业以后一切顺利！”礼堂里人山人海，我爸妈疯狂为我“打call”，只是我看不见她在哪。一是紧张，二是我后来才知道，那天她穿了一条黑色的裙子，淹没在人海里了。

毕业后，我们再也没见过对方，也算是我的这段“狗血”的青春岁月告一段落了吧。以前盛行玩 QQ 的时候，我偶尔还能看见她 QQ 空间里发布的心情和照片。

前不久，听说她在家乡某事业单位已经升到了正科级，去年被推荐到某省级单位挂职。哈哈，万万没想到她会选择从政。

云淡风轻，你很好，我也很好，这样就很好。

—— 我身体不舒服……

—— 开门。

一个拥抱

我喜欢她这件事，轮廓清晰，包膜完整，回声均匀。像把一个巨大的东西藏在了心里，同时又有一种无比清凉的感觉。

头一天晚上，我梦到自己被喜欢的女生拥抱，第二天我把这件事讲给她听，她真的抱了我一下。

这是我整个高中最美好的一个瞬间。

很奇怪，在男孩子荷尔蒙那么旺盛的高中时期，我做过无数个春梦，甚至到了醒来要换内裤的程度，但唯独这个只有简单拥抱的梦让我印象深刻，难以忘怀。

她是一个非常漂亮的女生，或者说，是我见过的所有单眼皮女生中最漂亮的一个。

很多人对她的印象是初看很惊艳，后来就觉得只是普通美女了。

我则恰恰相反，第一次见到她的时候我甚至有些厌恶她的那张脸，没来由的厌恶，后来却越看越喜欢。一段情愫以这样的方式展开，往往是最要命的。

事情的整个过程是这样的：

我："我昨晚梦到你了。"

她："梦到我什么了？"

我："我梦到我们拥抱在一起。"

我当时是那种特别耿直的人，俗称老实人，所以这并不是什么蓄谋已久的"撩妹"手法，只是因为那个梦给我的感觉太特别了，我才会忍不住告诉她。而且我完全没有意识到这句话里的挑逗意味，只觉得自己是在实话实说。

我说完这句话之后她笑了，然后对我说："你过来。"

我凑过去，还以为她要对我说什么悄悄话，结果她揽过我的脖子，把头靠在我的肩膀上轻轻抱住了我。我们锁骨贴着锁骨，锁骨以下并没有挨着，就这样持续了三秒。

我的心跳了四下。

其实梦里抱得更紧，但我已经知足了。

她是那种"很自由"的女生。当时她已经有一个男朋友，是高三年级的，印象中体格很壮，甚至一拳就可以把我打飞，同时，她似乎还和其他几个男生保持着暧昧关系。但这些都没能阻止我无可救药地

喜欢上她。我有多喜欢她，只有我自己知道。她让我明白了，一个人深深喜欢上另一个人，这样的状态确实是存在的。

我是一个处事边界很模糊的人，对我来说，可以明确的事物没有几件。但是我喜欢她这件事，轮廓清晰，包膜完整，回声均匀，像把一个巨大的东西藏在了心里，同时又有一种无比清凉的感觉。

有段时间她的座位在我前面，上课的时候她总是把手伸过来，几下拨乱我堆在桌子上的书。虽然我并不生气（因为她长得好看），但是总这样下去也不是办法，我刚把书码整齐她又几下拨乱。后来我想了个办法，一看到她的手伸过来作案，我就一下将她的手握住，她越是想把手抽回去，我就握得越紧。我告诉自己不能放虎归山，否则她又会卷土重来。她挣扎了几下没能挣脱，便任由我握着了。握了好一会，我感觉她应该已经尝到教训，就放开她了。谁知道她不知悔改，没过几分钟又把手伸过来拨乱我的书。我只好“故技重施”，再次握住她的手，如此反复，她明知道我会握住她，还是一次次把手伸过来，我甚至怀疑她后来伸手的目的已经不再是拨乱我的书，而是想让我握住她的手。显然，我也十分热衷于这件事儿。她的手很软，温温的，我不想放开。

有一次我下课去校外买东西，她跑过来问能否一起去，我说可以，我们就走在了一起。她把手背到身后，紧贴着我走，我发现没有话聊，感觉有些尴尬。然后她就说：“你看大家都在看着我们俩呢，因为你长得帅。和你走在一起感觉好荣幸啊。”我知道她是在逗我，大家都看我们俩的原因明明是她长得好看，她在学校可是出了名的好看。

冬天早上要读课文，我穿了一件卫衣（就是腹部有个兜可以从左边通到右边的那种卫衣），她会把手放进我的兜里取暖。我不敢乱动，因为那个位置离某个部位挺近的。

还有一次周末放学的时候，她故意冲着我的方向一直喊着："好想有人请我吃饭啊，有没有人请我吃饭。"我说我请你吃饭吧，她说好啊，谢谢你。结果后来吃饭的时候，她又叫了班上的另一个女同学，于是那顿饭就变成了一场三人局。吃完饭后，我们一起去这位女同学住的出租屋里聊天，聊到很晚。她平时住校，我要送她回宿舍，她执意不肯，我只好作罢，告诉她："我们各回各家吧。"

我一直觉得这件事很奇怪，但又说不上来哪里怪。

高考之后我们通过一次电话，互相询问了成绩，还聊了一些琐事，之后就再无联系。

我曾经是那样的喜欢她，但是没有她，日子仿佛也照常过去了。

—— 人生有哪两出悲剧？

—— 一出是万念俱灰，另一出是踌躇满志。

——人生有哪两出悲剧?

——一出是万念俱灰，另一出是踌躇满志。

#黑车#

当时那个戴着墨镜的大叔问我要不要坐车的时候，我毫不犹豫地答应了。

这件事不是听说，是亲历。如果没有得救，我可能会被拐卖，甚至被侵犯。

事情发生在我大一放寒假回家的时候，那时我 18 岁。

在这之前，我的人生顺风顺水，哪知什么世事险恶、人心难测，行囊一背，吊儿郎当地就跑去异乡上大学，没有一点安全意识。

我家在一个小镇上，火车只能坐到邻县，然后再转大巴。

这天下了火车是下午 2:00，我去对面汽车站买票，结果人多，没票了，要等到下午 4:20 才有下一趟车。从这个县到我们县要两个小时，之后我还要再转车到镇上。去镇上的车少，下午 5:30 之后就没了，如此一来我可能就无法到家了。

所以，当时那个戴着墨镜的大叔问我要不要坐车的时候，我毫不犹豫地答应了。

那是一辆白色的面包车，算上司机能坐八个人，我坐在中间一排的座位上。

大叔说他也要顺路去我们县，车费跟大巴一样就行，还说什么学生都不容易，一番话下来我觉得亲近了不少。

我是在车开了半小时后才开始觉得不对劲的。

行至中途，车里又上来了四个人。一个坐在了副驾驶位，一个坐在了我旁边，恰好挡住了车门，还有两个坐在后排座位上。

他们之间没有任何交流。我第一次心里感到害怕。

这时我不敢往太坏的方向想，还在自我安慰，一遍遍告诉自己不会有事的。为了证明一切正常，还旁若无人地继续与大叔说话，大叔也一直回应着我。我心里稍稍踏实了一点，努力忽略旁边的人，闭着眼睛听歌，甚至开始有点睡意。

蒙蒙眬眬中，我似乎听到他们在说话。我脑子一惊，猛然意识到一个一直被我忽略的问题——这位大叔一直在用普通话和我交流，而且还是带着南方口音的普通话。而邻县的本地人，由于方言跟我们差不多的缘故，与我们说话都用方言。

想到这儿我的头仿佛要炸开了。头皮一扯一扯地疼，好像头发全都要掉光，心也开始狂乱地跳。

我恐惧到了极致，似乎已经看到自己的死状。脑子里不切实际地开始想怎么死才不痛苦。但是我还是保持着原先的动作，闭着眼睛，一动不动。

我的大脑几乎冻住了，唯一的想法就是，不能让他们知道我已经发现了不对劲。

所以我睁开眼睛，若无其事地找话题和大叔聊天。他还是正常地回答我的问题，没有一点异样。

我是易晕车的体质，可这个时候竟然被吓得一点都不晕车，想吐都吐不出来。

就在此时，一栋路边突然出现的建筑成了我的转机。这是一栋很大的建筑，好像有好几层楼，一楼是厕所。

坐在我旁边的男人去上厕所了，我对大叔说我也想去，大叔犹豫了。我的心怦怦直跳，甚至感受到了自己嗓音的颤抖。

我将颤抖声强硬地压了下去，自顾自地把身上的包包手机都扔在座位上，很轻松地说："大叔稍微等等，我很快的，马上就出来。"

可能是看到我的手机和钱包，他们放下了戒心，让我下了车。

其实当时我已经腿软得不行，却还故作轻松，蹦蹦跳跳地走，还哼着歌。

第一个去厕所的男人出来了，看到我过来，便跟在了我的身后。

我没管，这个时候我只能继续装下去。虽然我也不知道自己从车上下来后还能干吗，但是"先逃离那辆车"是我的本能意识。

进了这栋建筑的一层，我环顾了一圈，一个人都没有。我觉得自己完了。我要死了。

身后那个人还在看着我，我拐进了女厕。

我从来没有这样感谢过清洁阿姨。

她一手提着装厕纸的大塑料袋，一手拿着夹子。一看到她，我“扑通”一声就跪下了。

阿姨大惊失色，刚想说什么，我捂住了她的嘴。

“外面还有人。”

我哆哆嗦嗦说不出话，嘴皮子不听使唤，压着声音向她传达我的困境。

阿姨说了句方言，让我等等，然后拎着大袋子走了出去。

我瘫在地上，地上刚被拖过，还是湿的，有点潮。然而当时我的反应也只是，哦，地是湿的。我已经呆住了。

等了多长时间我已经没有任何概念，忽然，门外开始有人催，我跑到隔间锁死门，想着从天窗翻出去逃走的可能性。

我还在想，在厕所里怎么自杀才不会太痛。

门外传来很大的声音，当阿姨在厕所外头叫我出来的时候，我才打开门。

头还在晕着，仿佛置身梦中。

外面是一大群戴着施工帽子的男人，是在附近路段修路的工人。

他们热心地通知了我的父母来接我，这个时候我才知道，这辆车走的一直是与我们县完全相反方向的路。

我傻了，连句“谢谢”都说不出来，以至于他们在我耳边说了些什么我都听不到，记忆中我好像就一直坐在厕所门口等父母。那时候有太阳，暖暖的。

等我父母来的时候天色已经黑了。看到他们，我才大哭了出来。

我至今都不敢再坐黑车了。

——人生有哪两出悲剧?

——一出是万念俱灰，另一出是踌躇满志。

#“作弊”#

如果那时我脑子里有“教育制度”这么大的概念的话，也许在她推我的那一瞬间，我会深深地失望吧。

还记得我小学二年级下学期的那次期末考试，那场考的是语文。试卷中有道题我不会做，于是就空着了。

我的班主任（数学老师）巡视考场的时候，专程过来仔细看了看我的试卷。我很是紧张，赶紧把手臂蜷在卷子上想捂住，只听她笑着说:“你这孩子，我就看看，你紧张什么。”说着便把我的手臂拉开，又看了看卷面，然后一声不吭地走了。

快到交卷的时候，她回来了，在教室里走了一圈后溜达到了我的位置上，竟然躬身站在我身后，悄悄地将那道填空题的答案告诉了我。整个过程被监考老师发现了。监考老师严厉地喝止她，她非常自

然地笑着说:“只是看看而已。”随即走出了教室。

直到现在，我还清晰地记得当时的自己有多么震惊和难以置信。我一向尊敬的班主任居然会在考场上公然给自己的学生泄露答案！原来她刚刚走出去是帮我看答案去了，还真是“一番苦心”。

当然，交卷的时候我的那填空题还是空着的。虽然班主任告诉我答案的时候监考老师已经在收卷了，但在几秒内把答案填上去绝对绰绰有余，我只是从心底里觉得这件事不对而没有把答案写上去。

但这事儿还没完。当我交了卷子和同学一起走出考场时，班主任从后面叫住了我，她问我:“你把答案写上去了吗？”

我当时太实诚了，完全没料到后果，乖乖答道:“没有。”

出乎我意料的是，她居然大发雷霆:“你这孩子！那道大题有十五分！”然后又开始骂骂咧咧。她当时正走在我身后，还狠狠地推了我一把。我往前一个趔趄，差点摔倒，旁边的同学赶紧一脸惶恐地拉了我一把，整个过程中，班主任还在不停地数落我。

我当时又惊又怕，眼泪一直在眼眶里打转，但我使劲忍着不让它掉下来。随后拉起同学，头也不回快步转过走廊下楼回了家。

如果当时我脑子里有“教育制度”这么大的概念的话，也许在她推我的那一瞬间，我会深深地失望吧。

可当时小小的我只觉得满腹委屈。

回到家我向爸妈说了这件事，我爸评判道:“你做得对。”

再加上那次语文考试考得很烂，我妈也因此下定决心把我转到同城的另一所小学。当时我插的那个班的班主任刚刚被调走，后补位的班主任是个年轻老师，姓李。学生家长们担心年轻老师教学水平不够，集体跑到校长办公室“掀桌”，联名要求换老师。

校长力排众议，让李老师留了下来，即使家长们要求换老师的声音一直没有停过。直到那个学期期末考，我们班的成绩排到了年级第一，而且从那以后一直是第一，家长们才不吭声了。

后来我升入五年级的时候，李老师由于工作成绩优秀面临调动，家长们又急了，又一次集体跑到校长办公室“掀桌”，不让李老师走。于是李老师就留了下来，一直教我们到毕业。

这位李老师，特别喜欢在每天下午第二节课时给我们讲故事、讲道理，而那么多“道理”中我唯一记住的就是这样一句话：所谓人才，要先成人，才能成才，有才无德，再有才也没用。无才不丢人，无德才是错。

每当我考得不好的时候，我就这么安慰自己：“至少我是个好人。”（原来我已经给自己发了这么多年的“好人卡”。）

我的高中班主任是物理老师，也姓李。这位李老师非常有个性，特立独行，藐视权威，甚至有些桀骜不驯。

他会在晚自习的时候把全班同学赶去操场跑步，一边赶一边说：“身体最可贵，其他都无所谓。”

他会在班会时给我们朗读心理学的有关书籍，告诉我们，考不好要学会用“酸葡萄”心理调整自己，世界属于厚脸皮。

他会在班里同学痛骂教育制度的时候面无表情地说：“真正的高手，往往懂得先适应规则，驾驭规则，而后方可改变规则。你现在只

能乖乖备战高考，有力气愤怒还不如多做两道题，有本事以后把这制度亲手改掉。”

小学二年级时那位班主任的行为，并没有影响我对正义、对公平的敬畏之心，以及对是非的判断能力，因为真正让我懂得这些的，是我的父母。

更值得庆幸的是，后来我遇到的班主任老师和其他任课老师，都是值得敬重的好老师。那些黑暗的地方，他们比我看得更多，于是他们鼓励我，要努力成为能够改变现状的人；他们教会我，要在一时无法照亮前路的时候，在心里保留一颗不灭的火种。

—— 人生有哪两出悲剧？

—— 一出是万念俱灰，另一出是踌躇满志。

有风度的人

“时至今日，再想起他，我的心里都是暖的。”

我大学寒假的时候曾经在一家高档餐厅做服务员。

某一天我正在给客人上菜，客人是一桌西装革履的男性，从他们的对话中可以听出应该是本地市政府的官员。最后要上的一道菜是一人一碗的主食拉面，碗很烫，并不好端。

突然，我在为其中一名中年男子端面的时候把汤洒了出来，有一多半都洒在了他搭在座椅靠背的衣服上。我暗暗觉得自己好蠢，哪有在客人头上端菜的道理！我甚至感觉到了有一些汤溅到了他的脖子后面。

当时一桌人都惊呆了，而我真的吓坏了，彼时的我刚从农村出来考上大学，第一次出来做兼职便遇到这种情况，真的害怕极了。

但意外的是，这位客人瞬间的反应是站起来问我：“你有没有被烫到手？”我低头一看，我的手已经被烫红了。

他马上说：“快去用凉水冲一下，快。”

当时我一点都顾不上手痛，因为我知道，他的这件衣服我必然是赔不起的，所以我只能低着头一直说，对不起对不起，您的衣服……

他却马上说，破衣服而已有什么好心疼的，洗一洗就行了。烫到了人，那才要紧，快去冲冲手。

然后他坐了下来，拿起一张纸巾擦了擦脖子后面，继续和其他人交谈。这一切发生得太快，以至于他们的话题都还能马上继续，其他人也迅速恢复了平静开始聊天，我的心里充满了愧疚，但我知道，他绝不会将刚刚发生的事告诉我的经理。

时至今日，再想起他，我的心里都是暖的。

后来我工作了，恋爱了，我的男朋友是金融从业者，所以他也常年西装革履。

有一天我和男朋友去吃火锅，因为那天下着雨，所以生意火爆，翻台率极高。但不知道是什么原因，那家火锅店的二楼只安排了一个服务员，还是一个小姑娘。她非常忙，因为不停有人喊“服务员来点菜”，“服务员拿盒纸巾”，“服务员倒点水”，她明显忙不过来，一路小跑还带着一头汗。

这时，又有人喊服务员加汤，那客人已经明显不耐烦，态度非常差。刚好此时我们也要加汤，我的男朋友就自己拎起了服务台的汤壶倒了起来。

倒完之后，我男朋友对刚才那位客人说："刚才是谁说要加汤来着，我来！"说罢，拎着汤壶帮那一桌也加了汤。

过了一会，那个服务员在给我男朋友上蘸汁时，突然手一滑洒出来好多，什么香油辣椒蒜泥汁呀，恰巧洒在我男朋友白衬衣的袖口上。

服务员吓了一跳，赶紧一边道歉，一边手忙脚乱地拿纸巾，这时，我男朋友回应说："没事没事，多大点事，衣服弄脏洗干净就是了，我媳妇会给我洗的，你快去忙吧，不用管我。"然后咧着嘴冲我笑着说，"媳妇，对不对？"

后来，在我男朋友的引导下，整个火锅店二楼变成了"自助火锅"，大家加汤自己加，开火自己开，也没人再催服务员了。

于我而言，我很高兴自己遇到了真正有风度的人，并且不止一位。我衷心希望每个人的心里都能多一些善念和宽容，使自己和身边的人都能更快乐一点。

—— 人生有哪两出悲剧?

—— 一出是万念俱灰，另一出是踌躇满志。

拼房

过了很久，他发动了汽车，对我说了一句:“当年我该把你‘就地正法’的，也许那样你现在会幸福得多。”

大二的时候，我的一个男同学去某个古镇旅游刚好路过我家，便邀我一起到古镇游玩。我们关系不错，那时候还没微信，我们经常会在 QQ 上聊天，还曾去他家里玩过 (和别的同学一起)。但要说暧昧关系，我们之间好像并没有，因为我们有很多共同的朋友，大家在一起玩也是常事。

到了古镇，我们开了一个标间，两张床。至于是为了省钱还是客栈里没有更多空房，我们谁也记不清了。由于此行舟车劳顿，到了房间，我们就一人一张床地睡起了午觉，这期间彼此相安无事，两个人一直睡到天黑才醒。由于醒得太晚，我们住的客栈已经没吃的了，于是便一起到外面去觅食。

古镇毕竟是个不小的风景区，到了晚上还是很热闹的。我们找了个地方，吃了点当地的特色菜。老板问我们要不要啤酒，他说不要了，又转过头笑着对我说，万一喝醉酒，犯了错误就不好了。

吃过饭，玩了一会，我们便打算回客栈了。客栈并不在闹市区，我们越走越偏僻，路上也没有什么灯，走着走着，我心里不禁有些发怵。

他原本走在我后面，突然伸手拉了我一把，把我拉到他身边，然后抓住我的手腕说："害怕就走慢一点。"他始终没有牵我的手，就这样抓着我的手腕走回了客栈。

客栈老板看到我们，还在门口叫了我们一声，说怎么回来得这么晚。背对着老板，他笑着对我说，老板肯定把我们当成情侣了。

回到房间，我们各自洗澡，然后一起看起了电视。这家客栈条件比较简陋，浴室离床挺远的，洗澡时倒也不觉得尴尬，但电视的摆放位置就比较奇葩了——电视放在我睡的床的右边，而他的床在我的床左边。也就是说，他在自己的床上看不到电视。于是，他就顺理成章地爬到了我的床上和我一起看。有了吃饭时发生的事情，其实我心里多少有点躁动，总在猜测他是不是对我有意思。我扪心自问，感觉自己其实也挺喜欢他的。

老娘都"空窗"一年多了，好想谈恋爱啊！

然而他只规规矩矩地坐在我的身旁看电视，同时有一搭没一搭地和我聊天，我就一直靠在床头玩手机。

但其实标间嘛，床也不会太大，我离他还是蛮近的。慢慢地，我感觉到他伸手搂住了我一起看电视，我也就顺水推舟地斜躺在他怀里，心里在想晚上该怎么睡呢，他要是真的不从我床上下去了，我是该默许呢，还是该假装生气呢？

事实证明是我想太多了。当时电视里正在播放一部电影，看完电影他就很自然地回到自己床上，关灯睡觉了。

我不知道自己是该高兴还是尴尬，也只好睡下了。那一晚我还睡得挺熟。

第二天我先醒来，他还没醒，我觉着有点无聊，想把他叫起来，就走到他的床头，但一时不知道该伸手推他还是该开口叫他。就在我愣住那几秒，他突然睁开眼睛，警惕地看着我问："你干吗？"

我哭笑不得，回了他一句："你紧张什么，我又不会对你怎么样。"然后就自讨没趣地回自己床上了。

他躺在床上望着天花板说，昨天空调一直在滴水，把他的床都滴湿了。就在我还没反应过来他想表达什么的一瞬，他突然起身爬到了我的床上，将头埋在枕头里咕哝着："好困，再睡一会儿。"

我躺在他旁边，心怦怦直跳，干脆闭上眼装睡。

随后，我感觉到有一只手伸了过来，把我揽在怀里，一个吻轻轻地落在了我的唇上。

接下来的一系列动作毫无疑问就是亲亲、抱抱、摸摸。我把自己裹得比较严实，不仅从家里带了一套睡衣来，还是比较保守的那种睡衣，睡觉也没脱内衣。他几次想摸我的上身，我都抓着他的手不让

“越界”。好不容易有一次“突袭”成功了，他却在碰到以后停下手来，说：“不行，我们不能这样。”

我没说什么，把头放在他的胸口，不知不觉就睡着了。不知道过了多久，我睡醒了，抬头发现他正在低着头看着我。

我笑着对他说：“做了个梦，梦到了打桩机的声音。”

他说：“那是我的心跳。”

他抱着我，过了很久很久，说：“你以后要小心一点，要懂得保护自己。有的男生嘴上说喜欢你，但是不一定真的想对你好。这样的事我见过太多了，男生往往追到手就不珍惜了。”

最后，他也并没有跟我表白，而那天的事情，也仅仅止于此。

快到退房的时候，他说了一句：“你猜 XX 会怎么想？”

XX 是我的前男友，也是他的好朋友。尽管我们已经分手一年多了，但他们大学是同一个专业，平日里抬头不见低头见。

现在回想起来，自己当时还是年纪太小，顾虑太多。

我们离开古镇回到我家所在的城市，我送他去坐车。检票的时候，他站在我面前对我说：“如果你想和我谈恋爱，你就告诉我，我可以悄悄地跟你在一起，不告诉 XX。”

他比我高一个头，我站在他面前，抬头看着他，笑着挥了挥手，说：“再见。”

最终我也没有告诉他，我想和你谈恋爱。

从那之后，这事儿仿佛就翻篇了。我们的友谊似乎也不再继续，慢慢地连聊天的次数都减少了。

这件事成了我人生中一个很大的遗憾，为那时候不够勇敢的他而遗憾，也为同样不够勇敢的我而遗憾。

很多年后，我们毕业了，各自也有了新的恋情。有一天我和男朋友在路上吵架，正好在他家附近的位置。他从其他朋友那里得知后，开车出来找我。我们坐在车里，沉默不语。过了很久，他发动了汽车，对我说了一句："当年我该把你'就地正法'的，也许那样你现在会幸福得多。"

这是我们最后一次见面——原来对此遗憾的不止我一个人。

如今我只想说，如果你真心喜欢一个男孩子，就睡了他吧，因为彼时彼刻你可能还不明白，你正在错过的到底是什么。

—— 人生有哪两出悲剧?

—— 一出是万念俱灰，另一出是踌躇满志。

感谢当年不嫁之恩

我这些年最大的愿望，就是希望可以穿越到过去，把大学时答应她追求的那个蠢小子打个半死。

我本人是“第二代北京人”。在 2015 年硕士毕业，准备同相处六年的初恋女友谈婚论嫁的时候，对方向我提出了如下条件：一辆 50 万元以上的车，在北京三环内买房并添上她的名字，且只接受我方付全款（除此之外，钻戒、蜜月旅游等等要求太繁杂琐碎暂且不论）。针对这些条件，女友给出的理由是，她从千里之外嫁给我，从此就是我的人了，不能陪伴在父母身边尽孝，所以她的未来需要一些切实的保障。

也不怕大家笑话，当年的我是真的相信“有情人饮水也会饱，感情至上，纯粹的爱情高于物质”这种蠢话。所以女友针对婚姻的现实

态度和表现，虽然让我很受伤，但我也确实打算满足她的所有条件，并希望未来用婚姻的幸福给她带来一些触动，从而慢慢影响她的价值观。

然而，我在父母面前遇到的阻力大大超出了预想。其实现在我也能理解他们的想法。若把我放在父母的位置上，面对一个要求提供房产，在房产证上加上女方名字，却连共同还贷款都不愿意的准儿媳，我也没办法放心。当时的我也是“上了头”，身为一个从小到大基本没和父母闹过矛盾的儿子，此刻却为了“掏父母的钱包”同他们闹翻了脸，最后甚至要离家出走，还扬言准备出国工作再也不回来了。无奈之下，父母给了我一个底线——不要求一分钱陪嫁，结婚所有花费男方全包，礼金归小夫妻；男方以女方名义买车；男方在三环内买一套较大户型三居室，由男方父母承担首付，房产证添上女方名字；装修和家具由双方父母出钱，剩下的房贷由小夫妻自己还。

我把辛辛苦苦争取来的条件告知女友，女友冷冰冰地说：“我提出的要求你们家难道满足不了吗？如果是你们家的条件负担不起，那我就不说了，可现在是你根本就不重视我，你父母越是不看好我们，我就越没安全感，你自己看着办吧！”

没错，你提出的条件我家里并非承担不起，可那些钱是我父母的血汗钱，却不是我的。我对你那么好，掏心掏肺，可这些事是由我说了算的吗？我那么努力地为你争取过，甚至昧着良心把父子关系都赌上了，我承受了多少压力你明明已经看在眼里，可是你体谅过吗？

心彻底凉了之后，我也开始反思自己，也许正是因为我太在乎这份感情，一直对她无微不至，不断地降低自己的自尊与底线，才让她成了如今的样子。我曾经一直在感情里太卑微，如今也冷静了下来。

自此，我们之间的矛盾彻底激化，在一次次争吵之后，她赌气选择了出国交流。即使如此，在她出国期间我们还一直保持着联系，直到有一天，她的朋友给我发了一张视频聊天截图，里面的蛛丝马迹表明，她交了一个外国男友。

面对我的质问，她矢口否认，说对方只是自己的一个普通朋友。我问她，普通朋友同居在一起，是为了方便复习功课吗？她久久没了消息。我终于将她拉黑、删除，彻底死了心……

用“浑浑噩噩”这四个字来形容我刚分手时的状态再贴切不过。任何东西我吃了两口就想吐出来，白天脑袋一直昏昏沉沉，晚上却根本睡不着。我们相恋六年，为了尊重她，我甚至始终没有越过雷池一步，可如今她才出国两个月，就上了外国男人的床……

又过了半年，当我终于从低迷的状态走出来时，她回国并找到了我，向我表示希望与我重新开始。在被我一次次地拒绝后，她又反过来骂我“直男癌”、不成熟。我告诉她，谢谢你说我“直男癌”，但是关于成熟这件事，我觉得我现在比你爸做得更好。

在那之后又过了两年，我偶然间听说她现在给自己定下了每个月的相亲指标，择偶条件是付得起五环内房子的首付且保证人品好，婚后不会乱搞……

至于我，再也听不进去“一个人多一些经历，是为了令人生体验

更加丰富多彩”之类的“哲理”言论了。面对形形色色陌生姑娘的明示暗示，我也完全失去了再试一次的勇气，大概这辈子再也不会相信任何感情了吧。

而我这些年最大的愿望，就是希望可以穿越到过去，把大学时答应她追求的那个蠢小子打个半死。

—— 人生有哪两出悲剧？

—— 一出是万念俱灰，另一出是踌躇满志。

#“重男轻女”#

房子的事终于尘埃落定，姐姐和姐夫抱着我哭了半天。

他们哭什么？我百思不得其解。

我和我姐相差 5 岁。由于家里的条件还算不错，所以我们都顺利读完了大学。毕业后我没考研，我姐则被保研了。

我和姐姐关系很好，说实话，在儿女双全的家庭里，我们家乡这一带“重男轻女”的现象相对来讲并不多见。但是很遗憾，在我的家庭里，我成了那个受到父母偏心的男孩，更可怕的是，我的姐姐好像也默默接受了这件事。

老姐从小就疼我这个弟弟，她自己也是个好脾气，从小一有什么好吃的、好玩的，全家人都依着我的喜好来。我一撒娇，姐姐有什么玩具都可以给我。

后来有一次，我在家洗澡洗得快了些，偶然间听到父母和姐姐的对话，是关于未来我家房子归属的话题。

父母：“房子肯定是要留给你弟弟的，等你结婚时，我们可以给你置办嫁妆。”

老姐：“我们家有两套房子，为何不能给我一套呢？”

当时，姐姐和姐夫已经到了谈婚论嫁的地步，姐夫有才能，但是家境一般，急于搞定一套房子结婚用。

后来我偷偷找到父母，对他们说：“把咱们家的房子给姐姐一套吧，不然他们结了婚之后住在哪？”

父母却说：“你不懂，房产自古以来就是男孩继承的。”

我：“可如今是现代社会啊，难道姐姐结了婚还要租房住吗，她那里是上海啊，这么贵的房租，还不如把家里这套房子卖了，给她付个首付。”

父母拒绝了。

老姐对此也没有说什么，她是个自强自立的人，有事很少找别人帮忙。

后来，我发现姐姐和父母说话开始变得面无表情，以前她回来总是笑呵呵地说：“爸、妈，我回来了。”现在回来后有些沉默寡言。但是对我这个弟弟，她依然是万般宠爱。

老姐的工作是精算师，姐夫是算法工程师，夫妻俩的“吸金”能力毋庸置疑。

后来老姐怀孕了，正赶上他们自己在上海买的房子要装修，两个人忙得焦头烂额。而更大的问题是，虽然他们工资都高，但是积攒了几年的收入全都付了首付款，基本没有多余的钱去装修房子。但是姐姐的意思是，到时候等孩子生下来，一定要直接住进新房，不想让孩子和他们一样住在出租房里。

所有能借钱的渠道他们都借过了，连同多年的积蓄全都贡献给了首付。走到这一步，姐姐和姐夫都快急哭了。

后来有一次我去了姐姐家，看她眼睛红红的，以为是我姐夫欺负她了，差点上去揍姐夫。后来姐夫向我解释说，家里仅剩的钱全都花光了，目前还差装修的钱。姐姐不想让儿子一出生就住在出租房里，想到这儿都急哭了，而且哭了不止一次。

我去找老姐谈话：“姐，没钱装修你为什么不找我？”

姐：“你自个儿挣的钱你自个儿花去，姐不要。”

我：“姐，我是不是你的家人？”

姐：“那是肯定的啊，你是我亲弟啊。”

我：“那这张卡你收着，拿去给我小外甥花，你和姐夫赶紧住到我家去，我去你家住，到时候装修的事情我来搞定。”

姐姐、姐夫：“老弟，装修的事儿太麻烦，你现在还这么忙，到时候会累坏的，别掺和，我们自己能搞定。”

我分别指了指老姐和姐夫：“你，还有你，给我收拾东西，滚去我家，赶紧的，别拖拉。”

姐姐和姐夫拗不过我，收拾东西走人了。

说实话，我从来不明白我姐姐、姐夫两个这么高收入的人，怎么能忍受得了这么差的居住环境——类似“城中村”，洗手间都是积水，整个房间像小宾馆单人间一样，只能放下一张床，基本上没有空间放别的东西。我都不知道我姐姐、姐夫如果晚上要工作的话，可以坐在哪里？

我费了九牛二虎之力，把姐姐租住的房子里里外外收拾了一遍，累得差点疯掉。

在接下来的几个月，我一有时间就和姐夫一起去办装修的事情。姐夫经常加班，所有事情基本都是我在经手。他们两口子对装修没有什么特别的要求，基本都是在按照我的要求进行。

有一次姐夫对我说：“老弟，你租的那间房子真是‘绝’了，最近几周周末你老姐天天睡到中午，实在是太舒服了！”

我……谢谢咯，你们舒服了，我不舒服啊。哼！

姐姐的房子装修好后，需要通风几个月才能搬进去住。房子的事终于尘埃落定了，姐姐和姐夫抱着我哭了半天。

他们哭什么？我百思不得其解。

后来外甥出生了，姐姐和姐夫教他说的第一句话就是“舅舅”。

—— 人生有哪两出悲剧?

—— 一出是万念俱灰，另一出是踌躇满志。

我依然记得那天下午仿佛在嘲笑的阳光

只见他大声疾呼："同学们要有梦想！我要从你们这里挑出几位同学来大声宣誓，喊出你们的理想！"

那年，学校召开所谓的“高考百日誓师大会”，成百上千的学生乱糟糟地挤在有点闷热、不算宽敞、一旦有人大声说话就会引起回音的体育馆。

家长们则被安排在上方的观众席。所谓“观众席”，很像那种年久失修、经营不善的寒酸动物园里面的动物表演馆提供给临时观众的座位。不过家长们坐在上面，正好可以俯瞰坐在下面的我们，从功能上讲也算是成功。

高中体育馆的观众席除了“百日誓师大会”能用到，平日里基本毫无用处，座位上还布满了均匀而细密的灰。

学生们拿着从教室里搬来的木椅坐在羽毛球场地上（偶尔也作室内篮球场），在班主任的指挥下排成井然有序的方阵，静候校长和那位学校出面专门请来的励志演讲家。

在等待期间，班主任扯着嗓子对我们喊道："现在你们的家长已经坐在了观众席上，赶紧拿出小册子背书，不要让家长失望。"

说句实话，我当时只觉得浑身不自在，感觉上面有几百双眼睛像探照灯一样扫来扫去，一旦发现某个没在背书的学生，便集中照过来。一想到如此情景，我的身体立马僵住了。不过转念一想，大部分父母们都在注视着那些"家喻户晓"的优等生吧，然后忙着向邻座家长表达谦虚、互相恭维，也没多少闲暇关注我们。

终于等到校长讲完话，演讲家登场了。这种"演讲"我们事先也有一定了解，显然并非我喜欢的那种民国半文半白式的文风。这位演讲家主打的是"演"，而不是"讲"。这个放后面讲。

对于他的演讲，我其实原本是不排斥的，这样我至少能有个正当理由不用去看那本早已被翻烂的英语小册子，而且能打发掉这种无聊大会的时间。这样一来，校长开心，家长放心，我也舒心，演讲家还能拿到钱，总算是个圆满结局。

可是进行到中途时，演讲家停止了"讲"，突然开始"演"了。

只见他大声疾呼："同学们要有梦想！我要从你们这里挑出几位同学来大声宣誓，喊出你们的理想！"

此时场上已经弥漫着一股热血气息，不得不承认他的讲话还挺有煽动性，看到我妈被煽动得热泪盈眶，我心里暗觉不妙。

终于，如同光最初诞生于世界一般，人群中站出了一名“热血男儿”和一名“激情女生”。

演讲家开始询问这位热血男儿理想的学校，他朗声答道：“北大！”

“好！”演讲家燃起激情，“那就请你绕着体育馆跑两圈，边跑边喊出你的理想！虽然不一定能实现，但是如果连这个目标都没有，你就注定会失败！”

于是，“热血男儿”真的跑了两圈，边跑边喊，声嘶力竭。

随后，“激情女生”登场，她刚走上台就开始哭，耸动着肩膀哭诉自己如此努力却得不到回报的状况。

显然没人感兴趣。

“好！”演讲家听完后又振奋了，“请你从体育馆这一头爬到尽头，带上你克服困难的决心。还有，要大声喊出你的目标！”

谁知那个女生真的爬了两百米，边爬边高喊“清华”。

在“表演”的最后，演讲家鼓动所有以清华、北大为目标的学生走上台宣誓。

最终好像上来了一百个人左右（通常学校里每年只有二十多个学生被这两所大学录取）。

而高考的结果是，“热血男儿”连北大的边都没碰到，“激情女生”考上了一所一本大学，而那些上了台的同学基本没有考上清华、北大的。那些考上的人，当时都坐在下面看着他们群情激愤。

我依然记得那天下午仿佛在嘲笑我们的刺眼阳光。

—— 真正的英雄主义，就是在认清生活的真相后依然热爱生活。

——真正的英雄主义，就是在认清
生活的真相后依然热爱生活。

 # 我是她最好的朋友，却给了她最致命的一击 #

我知道她一直在强撑着，而那个时候离她崩溃的临界点已经很近了。而我就是压垮她的那最后一根稻草。

我是一名心理医生。

曾经有个女孩出现在我的生活中，我们是同学，我是她唯一信赖的朋友，也是唯一的异性朋友。

她在社交这方面非常被动，因为原生家庭的原因，她从小便有一个心结——渴望得到别人的表扬与赞赏，无论干什么事情都要争当第一，把赢当作快乐，把输当作耻辱。久而久之，便成了老师家长口中那个“别人家的孩子”，她有时候想问题很极端，不过她很会控制情绪，从来不在别人面前发火或者露出不悦，坚强到令人害怕。她从不把自己的弱点暴露在别人面前，看上去永远都是高高在上的强者，但

其实内心比那些看似楚楚可怜、娇小动人的女生内心更加脆弱。她的强势来源于她的父母，我了解她，也知道她的弱点，她的一生被摧毁，也正是由于我给了她最致命的一击。

她家境殷实，父亲是个老板，性格很强势。母亲生下她不久就和父亲离了婚，又重组了家庭。父亲对她的期望值很高，从小就教育她“你要赢”，“你要做强者、做赢家”。虽然初衷是为了她好，很宠爱她，也没有给她找过继母，但从来不表扬她，只有打击式教育。

无奈父亲的社会威望高，有那么多父亲的生意伙伴和员工都在看着她，她没有退路，必须优秀，必须当第一，甚至可以说是在为了维护父亲的面子而拼命学习。

她的快乐很简单，只要是达到了父亲的要求，听到父亲一句“不错，加油”，她就能高兴好久。她的生日愿望是希望父亲可以夸夸她，不要再骂她了。

我猜她的父亲也是从小被打骂过来的，才会对她继续实施打击式教育，只可惜，这种“棍棒底下出孝子”的迂腐理论害了多少孩子。

高三的时候，她把所有的时间都用来学习，争分夺秒地复习功课，但结果却不是很好。她的压力非常大，反复告诉自己一定要考好，这份重担压得她喘不过气来，越来越焦虑，担心自己考得不好给父亲丢人。如此一来，渐渐形成了恶性循环，成绩也在慢慢下降。

然而此时，我的压力也很大。我的分数距离和她约定好的学校分数线还差了很远，也一直没有起色，开始觉得自己没有了前途。于是，我逐渐疏远她，加入了她最讨厌的那群人的圈子里。他们不学习，混社会，早已看不惯老师家长处处拿她同自己作比较，加上她成绩下降，从第一的神坛跌落，老师们也不再保护她，一场针对她的可怕校园暴力便由此开始。

她讨厌那群人，那群人同样也讨厌她。他们的“仇富”心理集中爆发——自己不努力还不希望比自己优秀的人更努力。他们看不惯她的拼命，看不惯她不仅家庭条件好，学习成绩也好。起初是经常拿她当茶余饭后的乐子，嘲笑她作为一名好学生，到头来还是这副糗样；后来他们竟然开始撕她的作业本，将她堵在厕所，往她的杯子里加粉笔灰……人啊，只要讨厌一个人，就会觉得她做什么都是错的。

而我是其中最不可饶恕的那一个。或许别人对她的恶语相向造成的伤害并不太大，但我才是最该死的，是我把她最后的希望扼杀了，因为我没有站出来保护她。

距离高考还有半年的某一天，她问我，能不能放学了先别走，等一下她。我说我没空。我一放学就收拾书包要走，她把我拦下，问我有没有时间，可不可以陪她说说话。我回答没有时间。她问我到底是怎么了，我说：“没怎么，就是烦你了。”她追着我问为什么烦她，我脑子一抽，说：“你还问我为什么？你自己心里不清楚吗？你能不能反省一下自己，总是一副高高在上的模样，现在不照样考得一塌糊涂，我又不是你的垃圾桶，凭什么每天听你和我诉苦，你烦

不烦……”

我把我的压力一股脑儿全都冲她发泄了出来，但说完我就后悔了，因为我看到她哭了。我认识她 6 年，这是她第一次没有控制好情绪。我有点于心不忍，但我还是走了。我光想着自己的面子，却把性格要强的她踩在地上。

我知道她的心事不会和父亲说，就算说了，她得到的也不会是安慰，而是斥责，骂她连这么简单的人际关系都处理不好，况且她素来不怎么和父亲沟通，从小到大把什么事情都憋在心里。我也是猜到了这一点，所以才放任他们对她施行的校园暴力。

第二天她没有来，我以为她是在赌气。第三天她同样没有来，我开始有一点点担心，给她接连打了三个电话，都无人接听。我了解她，她一直在强撑着，一旦爆发了，很可能发生可怕的事情，但我没有继续打下去。我始终觉得她是在赌气，气消了就好了，并不会真的爆发。第四天她来了，我松了一口气。课间我照常出去打篮球，出教室之前看了她一眼，看到她正坐在座位上发呆。我回来以后，看见她的座位空了，问了同学才知道原来她不是来上课的，而是来收拾东西的。她很独立，独立到可以一个人收拾东西办理退学。

此刻我才意识到我的行为有多么过分，我是她唯一的朋友，却和其他人一起对她实施校园暴力，真是个不折不扣的浑蛋啊！

那天是我最后一次见到她，她收拾完东西便彻底消失了，我无数次拨打她的电话，也听不到任何回音。我去找我们的班主任，问班主任知不知道她去哪里了。班主任说，她特地求自己不要告诉任何人她的消息。我想找到她，没办法，便逃课去了她家，门始终没有开。我担心她的安全，和班主任说我根本联系不到她，想了解她父亲知不知道她现在是这个样子。班主任说，他知道。我这才放心，至少她不会有危险了。

我在她家楼下连续等了三天，最终班主任因为我逃课联系了我的父母，我被他们逼着回去上学。在这之后，我没有再找过她，我猜想她的父亲应该会和我的父母一样，也会逼她回来上课，或者是去其他学校继续上课，总之不会放任她退学。

我天天给她发短信，她应该看得到吧。我初中和她约定好考同一所高中、上同一所大学，剩下的时间我都在拼命学习，直到我的目标分数和实际分数的距离逐渐缩小，最终考上了和她约定的大学。大一刚开学时，我翻遍了大一新生名单也看不到她的名字，我方才意识到，她可能彻底从我生命中消失了。之前我还心存希望，以为到了大学可以再见到她，因为我还欠她一句“对不起”没有说。

我有种莫名的感觉，她会关注我的动态，于是我拼命学习，参加了学校里大大小小各类活动，登上了校报、电视台，只为了让她能够看到我，知道我的近况。我在大学时的人缘很好，同学都说我性格好，成熟稳重，情商高，很会体贴人，但他们不知道，我的成熟是用她的致命伤换来的。

我在大学加上工作的这十几年期间，从来没有放弃打听她的消

息。有一天晚上我和同事加完班去喝酒，喝得有些醉了的时候，我问她，有什么办法能让一个人像“人间蒸发”一样，再也没有音信了呢？

她以为我在打趣，就说了一句，还能有什么，死了呗。

我顿时清醒了，她说的好像很有道理，我竟然无法反驳。虽然在那个通信不算发达的年代，联系不上一个人很正常，但也不可能像她这样十四年杳无音信。我第二天就回了高中，再次向班主任询问她的消息。其实我每次回老家都要去找班主任，我知道班主任是故意不告诉我的，不过我相信功夫不负有心人，他总会告诉我真相。

最终真相浮出水面的那天，竟成了我最心痛的一天。起初，班主任不出所料还是像以前一样敷衍我，我得到了和之前一样的答案。然而，当我问班主任“她是不是死了”的时候，班主任正在判作业的手有一丝丝停顿，说了句：“你这傻孩子，想啥呢，没有的事。”他话虽这么说，但我作为一个学心理学的，他的微表情自然是瞒不过我的眼睛。

在离开学校的路上，我无法专心开车，甚至差一点出了意外。我的心空落落的，明明应该感觉轻松才对。一个我寻找了十多年的答案如何揭晓，这份执念已经彻底融入了我的生活，甚至成了我活下去的动力。现在终于有了答案，我却不知道是喜是悲。我学心理学也是为了她，我多希望再见到她的时候可以帮她解开心结，现在，这份支撑我的意义没有了，我不知道该何去何从，我对她的愧疚完完全全渗透到了我生活的每一天。她喜欢我，因为她在我身上找到了依赖感，我可以让她放下伪装，让她任性地做回小女生。或许我也曾经对她有过一点点心动，她让我产生了心疼且想要保护的感觉，这也是我这十四年从来没有找过女朋友的原因，我通过这种方式惩罚自己，来为我曾对她做过的一切赎罪。

我回了上海，在家里浑浑噩噩地度过了几天，大概是在第三天晚上，我接到了班主任的电话，他问我是不是知道了什么，我说是。老师终于将她的消息如实告诉了我。她当年确实离死亡很近，但最终自杀没有成功。起因是她向父亲提出来要退学，被父亲暴打了一顿，崩溃的她吞了安眠药，被救过来了。可能是父亲怕失去她吧，竟然同意她退学了。退学之后，她好像是跟着父亲出了国，没有参加高考。

她的抑郁症已经持续了很久，对此班主任还很遗憾地说，她就算成绩退步了，但基础也还是很好的，老师们开导了她半天但她还是执意要退学，不知道她现在怎么样，应该还活着吧。自杀过的人应该不会再自杀了，她的抑郁症也不知道好了没有。班主任劝我也别找了，当年的校园暴力对她伤害已经很深，不要再给她带来一次伤害了，或许，再见到我对她来说就是一种伤害吧。

她没有退学前，老师和她父亲都不知道她曾经历校园暴力，对她施暴的人都在一个班里，大概有十多个人。如果影响大一点的话，老师肯定会知道，不会放任她被欺负的。幸运的是，她的父亲总算没有再逼她，而是选择带她离开了这个充满恶意的地方。

我记得她过生日的时候说过一句话："你知道吗，其实压死骆驼的，只是最后一根稻草，就那么一根而已。"我知道她一直在强撑着，而那个时候离她崩溃的临界点已经很近了。我就是压垮她的那最后一根稻草。

我是帮凶，是我摧毁了她。

我没有和任何人包括我的父母说过这件事，它就像一颗毒瘤，在我心里生根发芽，扭曲我的良知，吞噬我的理智。作为一个心理医生，我却始终无法疏导自己，我拒绝了各种各样的相亲介绍，不敢也不能找女朋友，因为我不配。

职业生涯中，我见到了太多受到校园暴力及"打击式教育"观念荼毒的孩子们，我尽全力帮他们走出了阴影。除了害怕曾经的悲剧在他们身上重演，我更是在为自己赎罪。我解开了一个又一个的心结，却始终无法解开自己的。我希望用我的一生来忏悔当年因为懵懂无知给她带来的伤害。

她把我当作她的太阳，当作她在黑暗中唯一的光，当作在悬崖边紧紧拉着她的手和阴冷潮湿的环境中唯一的一丝温暖。只是因为我的一句话，在她的心里，我已经"放手"了，压力拖着她坠入深渊，所有希望都荡然无存。

我有时觉得，我很像《追风筝的人》里的阿米尔少爷，而她像是哈桑，阿米尔曾经背叛了哈桑，不管后来如何挽回他的罪恶，哈桑也永远都回不来了，他们的友情也回不去了，即使哈桑在心底里已经原谅了阿米尔少爷。

前段时间我遇到了一位母亲，问我该怎么教育孩子。孩子想学跆拳道，父母却以怕耽误学习为由拒绝了。他们反对孩子放学回家看《动物世界》，觉得是“浪费时间”。平日里夸一句怕孩子骄傲，骂一句又怕孩子气馁。孩子正处在叛逆期，不仅不爱学习，还和母亲天天吵架，甚至开始离家出走，作为家长是真的不知道该怎么办才好，于是特意来咨询我，到底是哪里出了问题。

我给她讲了我遇到的一位女孩。

女孩从四岁开始学小提琴，学了大概四年，老师和她母亲说，要不考虑一下和别人学吧，自己不想再继续教她了。她母亲哭着求老师不要放弃她，继续让她学琴，她有天赋就是不用心，请老师再给她一次机会。女孩其实很聪明，四岁时便跟着七岁的孩子一起上一年级，还能考满分。这是她从小到大第一次怀疑自己的能力。她又坚持了几年，六年级的时候，老师建议她转学大提琴，因为之前上课时只要她表现好、有进步，老师就会拉大提琴给她听，她看见老师拉琴，两眼都在放光。她母亲也发现了她对大提琴的热爱，不顾家里人的反对，毅然决然地给她买了价值十多万元的大提琴，还劝说家人：“总要让她多尝试一些才能知道自己到底想要什么。而且我了解她，她对大提琴的热爱已经远远超过了对其他事情的兴趣。当她知道她可以学大提琴的时候，高兴得连睡觉都要抱着琴一起睡。”

她的学习成绩到了初二开始下降，在那个唯成绩论的班里受到

了很严重的歧视，承受了老师的谩骂、同学的嘲笑以及不忍直视的排名。老师劝她不要再拉琴了，她没有答应。老师又和她母亲说，学习好才是“王道”，琴拉得再好也没有用，不能当饭吃。她母亲对老师说，我不会干涉她的兴趣爱好，我也相信她不会主次颠倒。她每天下午回了家先练琴，到了晚上才开始写作业，孩子本来就年龄小，我不想逼她太紧，不过我以后会督促她学习，肯定不会让她拖班级后腿的。

之后的每天晚上，不论孩子学习到几点，不论自己白天上班有多累，母亲都陪在桌前，不看手机不玩电脑，沏一壶茶，和她一起学习。这个孩子对我说，每次考完试出成绩，无论成绩如何，她父母都会请她出去吃顿饭，考好了有小礼物，考不好陪着她分析试卷。

事实证明，她非但没有拖后腿，还成了全班唯一一个考上了省重点高中的学生。上了高中，她的音乐启蒙老师建议她可以去找音乐学院的老师学琴，这位 60 多岁的老先生，亲自带着弟子跑到音乐学院拜师，请老师教她。她高中三年的学习压力极大，甚至产生过自杀的念头。她的母亲一直在身边陪着她练琴，一直在鼓励她。有时她想放弃，母亲便对她说，你想好了吗？如果你想好了，我会无条件支持你，不会干涉你的任何决定，你已经是个大孩子了，应该管理好自己的情绪，为自己的决定负责。所幸她没有放弃，最终如愿考上了音乐学院，后来又出国留学，现在发展得很好。

倘若我记忆中的那个女孩的父亲也能和她的母亲一样该多好。父母可以共同成为她的伙伴，做她坚实的后盾。她的压力或许就没有那么大，或许就不会事事争第一。一旦负面情绪有了宣泄的出口，家对于她来说也就不再是一个只能吃饭睡觉的地方，而是成为真正的避风港，当时的一切便会不一样。

还有个孩子，家庭矛盾激烈，父母天天争吵。后来父母离异，母亲也不怎么管他，他在欺负同学中找到了宣泄的出口，成了校园暴力的施暴者，这又是一起悲剧。

校园暴力最主要的原因来自原生家庭，扭曲的家庭环境往往会让孩子的心理也产生扭曲，父母的负面情绪也会潜移默化地影响孩子。我对家长们说得最多的，就是请他们尽可能地理解孩子，不能要求孩子站在成年人的角度思考问题，而是让自己试着去站在孩子的角度考虑，或许就可以明白孩子为什么会这么想。不要扼杀孩子的想法，不要企图让他们完完全全按照自己的意愿成长，或是把孩子当作实现自己未竟抱负的傀儡、家长之间攀比的工具。多听听他们的想法，把他们当作自己的朋友，这才是一个健康的家庭最好的相处方式。

所有的情绪爆发，都来源于长期的压抑，而最终压死骆驼的，可能只是最后一根稻草。

——真正的英雄主义，就是在认清
生活的真相后依然热爱生活。

失痛症

她拿木板敲着我的头说："装什么装，你又感觉不到疼。"

我是一个失痛症患者。失痛症，顾名思义，没有痛觉。

很多失痛症患者是天生的，我不是，我妈在怀孕的时候吃错了药，意外把我的痛觉神经杀掉了。大多数天生的失痛症患者，往往因为免疫力差、体质过弱等原因活不到成年而早早地失去了生命。不过相较于他们，我似乎要幸运得多，因为我除了感受不到"疼"，其他感觉知觉和正常人没有什么不同。

很多人可能会羡慕地说："你没有痛觉，感受不到痛，那岂不是很好？"

可是，我只能难过地告诉你们，不好，一点都不好。

我是感受不到身体上的痛，可是这个世界带给我的痛，我一点也没少受。

我出生在农村，因为村子很小，所以我生下来就没有痛感的事情，不到一天的时间全村人都知道了。很多人可能无法想象，一个出身于农村且患有罕见疾病的女孩，未来会有怎样的命运。

从我有记忆开始，每次出去玩，就会伴随着一阵阵议论的声音："你们看，这就是那个不知道疼的孩子。"仿佛我就是个怪物，要承受他们所有的好奇、质疑和嘲笑。

那个时候我并不相信他们说的话，因为我记得幼儿园的老师说，每个小朋友都是天使。我没有做过坏事，所以我也是小天使，我肯定和所有人都一样。

但是后来，我渐渐发现我错了——我的确和别人不一样。

别的小朋友摔倒了，划破了手，会因为疼而哭好久，可是我不会，因为我完全没有感觉。最明显的例子就是，如果我身上哪个地方有伤口，只要我没有亲眼看到，就根本不会知道自己受了伤。

之后我又发现，我不仅没痛觉，甚至对冷热的感知能力也很弱。比如我的手能紧紧地握住装满开水的杯子，我能吃下很烫的粥，有时候嘴唇都被烫破了也毫无觉察。

我用太阳能热水器洗澡的时候，冷热水没有调好，可我却丝毫感觉不出来，直到现在背上还留着很大一块伤疤。

但这些身体上的伤口远远比不上那些嘲笑带给我的伤害。

据我妈说，我刚出生的时候，家人知道了我的病都愁得不行。有

一个又蠢又坏的亲戚来了，直接抓起我的手，狠狠地咬了下去，当时我的手上全是他的牙印。那时候我刚出生没多久，手小小的，皮肤很嫩。然后他说：“果然是感觉不到疼，你看她都没哭。”

小的时候我和小朋友一起玩，有的小孩会给我取特别难听的外号；有的会故意拧我的肉，问我疼不疼；还有的看见我磕着碰着了，会直接说：“没关系，反正你也感觉不到疼。”

我意识到自己感觉不到疼这件事情的时候已经读小学了。那个时候我特别怕交朋友，因为我怕他们问我为什么没有痛觉，怕他们拿我的缺陷嘲笑我，怕他们看不起我，尽管我什么都没有做。

久而久之，我成了学校里的边缘人。全班 55 个人，需要两个人一组做作业，而我是唯一一个找不到同伴的人。

当时，高年级有个大姐大，足足比我高出了一大截，以经常欺负同学闻名。我知道这个人的时候，心里就很害怕，我怕她知道我的事后，会把我当成她的下一个目标。

果不其然，怕什么来什么。有一天放学回家的时候，我穿过一条胡同，她刚好迎面走过来，当时整条胡同就只有我们两个人。尽管我一直在心里祈祷不要发生什么事，但是当她走到我面前的时候，还是把一条腿抬到我脸的高度，然后踹了下去。

事到如今，这么多年过去了，我依然想不通，为什么，为什么他们一定要这么对我？

我读小学二年级的时候，遇到了一个足以让我记恨一辈子的老师。她脾气不好，也很不喜欢我，因为知道我感觉不到疼，所以很多时候都故意找理由揍我。其中有件事我记得特别清楚，她当着全班同学的面用木板打我的手，班里同学也都知道她不喜欢我，所以对这件事就见怪不怪了。和以往不同的是，那次被她打完之后我哭了，倒不是因为疼，只是因为那个时候我已经小学二年级，有自尊心了，被她打了之后心里特别难过。

然后，她拿木板敲着我的头说道："装什么装，你又感觉不到疼。"

后来我十几岁的时候去看牙，牙医也是我们家附近的。他给我拔完牙齿，直接就说："不痛吧，我就知道你肯定不痛。"

经历了这些事后我懂得了一个道理，这世上最可怕的东西，就是人心。

我十几岁的人生里，最期盼的，就是能做一个正常人，一个普普通通的健康的人。

我每天走在人群里，虽然看起来和正常人没什么两样，但是我知道，我身上带着缺陷。

我人生最美好的时光是在大学。我离开自己的家乡，来到一个完全陌生的城市，开始了一段新的生活。这里没有人知道我的病，只要我伪装得好，我就和所有人一样是一个正常人。我非常感谢大学里遇到的同学、朋友和老师，是他们让我相信这个世界上还是有温暖和美好的事情存在的。也正是因为遇见了他们，我才觉得生活其实并非那么苦涩，也不再继续抱怨命运的不公平。

说实话，过去很多时候我也想过一了百了，因为活着实在是太难

了，但是每当这个念头滋生时我都会想起我妈，她活得比我还要不容易。一个农村女人，既没有什么见识，也没有受过多少教育，凭着自己顽强的干劲和质朴的品质艰难地把我带大。我的母亲是一个非常坚强的人，家庭的贫穷和孩子的顽疾在她二十几岁的时候纷至沓来，我无法想象她是怎样熬过这些艰难的日子——旁人的指指点点，一趟趟的求医问诊和藏在家里不敢出门的那种辛酸无助。

所以这么多年，她不主动说，我也从来都不问她任何关于我的病的问题。因为我知道，她一直觉得自己是全世界最对不起我的人，所以我不能再拿着一把刀去刺她的心。

后来让我感到幸福的是，我的病开始有了转机。

大二的时候，我的手因为过敏，裂开了一道口子。一开始我没在意，以为过几天就好了，可没想到这个口子越裂越大，我竟然能感受到一种特别难捱的感觉，这种感觉甚至促使我去看了医生。后来我才明白，那就是痛的感觉。

我高兴地打电话给我妈，她在电话里哭了，很奇怪的是，我没哭，因为我真的很开心。

医生的解释是，我本身应该是健康的，拥有正常的痛觉，只不过在药物的作用下，这种能力暂时被抑制了，但时间一久，药物的作用消失，身体也许会慢慢自愈，恢复痛觉。

不久之后，我发现我对冷热的辨别能力也渐渐好转了，现在我对疼痛的感知力比以前强了很多，对冷热的感知力也基本没问题了，不会影响到正常的生活。

虽然我现在还是不能像正常人那么灵敏，但日常生活和大多数人一样——工作、买房、恋爱，虽说闲下来的时候也会想起自己的病，但也要比之前乐观很多。随着生活能力慢慢变强，人也变得无所畏惧了。

不过，我依然做不到同那些伤害过我的人和解，当然也不可能原谅他们。我始终觉得“要感谢生活中曾经伤害过你的人，因为他们让你变得更坚强”这种观点就是扯淡。因为伤害就是伤害，它和帮助，和成长没有半毛钱关系。如果你见过从小在爱里长大的孩子，你就会明白，即使没有那些伤害，你依旧会成长，而且是很幸福地成长。伤害这种东西一旦在你的心里种下种子，生根发芽，即使今后再努力，你也难以摆脱曾经那些伤害带给你的阴影，而且你需要花很长时间甚至是一辈子去治愈它。

我之所以匿名写下我的经历，最初的也是唯一的想法，就是希望更多人能够友善地对待身边那些“不同”的人、那些身患疾病的人、那些有着不同性取向的人、那些性格孤僻不好相处的人和那些原生家庭不够幸福的人。很多人的人生本来就已经很不容易了，为什么不能多给他一点爱呢?

我还是很乐观、很有信心的，毕竟自己最难的时候已经过去了，未来在朝着好的方向发展，这个世界还是善良的人多。即使见过很多人性的阴暗面，我依然这么认为，只要努力，生活就不会辜负你。

—— 真正的英雄主义，就是在认清
生活的真相后依然热爱生活。

#“渣男”收心，一个理由就够了

你成了他的软肋，他才是你的铠甲。

我有一个朋友……

算了，老实说自己的故事吧。

我小时候一度比较胖，一米五几的身高，一百三十斤。虽然不是特别臃肿，但是整个青春期都耽误了，一个小姑娘都没谈上。等到高二高三长高了瘦下来，这帮姑娘一个个都灰头土脸油光满面学习备考，在重点高中最后的两年，都没人抬头看我两眼，所以初恋和初吻一直保持到大学。

进了大学就不一样了，加上学院里女多男少，新学弟入学了，大两届的学姐都会来观摩指导。我们还在军训列队的时候，小姐姐们就在旁边指指点点，军训刚结束，就已经有六七对男女谈上恋爱了。

那时候是我人生中体脂率最低的时候，小伙子瘦下来也精神了，说我是“铁西区吴彦祖”有点夸张，但是“艳粉街林更新”的称谓我也是可以撑得住的。青春期一直亏欠的精神食粮就在大一下学期超额补上来了。

这么说吧，整个大学都特别忙，一学期换两个女朋友。姑娘们也都是初尝滋味的年纪，从食不果腹到予取予求，一点都不说让我歇会儿、封山育林什么的，完全是滥砍滥伐、无序开采。真的是屁股决定脑袋：当我们还是普通朋友关系的时候，谈论别的女生生活不检点，女生是要抢占道德高地的；熟悉到“坦诚相见”的时候，道德高地是抢占不了了，也就无所顾忌，一竿子插到底了。

当然这件事我也是要负主要责任的，我觉得我最大的问题就是不会拒绝。

我身体都快累垮了，体脂率一度跌到 17%，腹肌都出来六块了。当然腹肌没有分离，床上有氧运动对塑形的效果不明显。

我前后有七八个女朋友，这还不包括两个高中时候比赛认识的外地女朋友，一个是杭州姑娘，一个是福州姑娘。之所以说她们俩不包括在内，是因为从来没有过任何肢体接触，也就是在手机、QQ 上说说情话，相当纯洁的男女关系了。这也导致我和她们分别分手之后这么多年，还保持着良好的朋友关系。尤其是最近两年我又胖到两百斤的时候，这种纯洁的关系越发升华，一点邪念都没有，几乎变成闺密了。

大三的时候，认识了一个比我大两届的学姐，就是现在我儿子的

妈。认识她的时候，我有一个高中同学女朋友，在南方某市读空乘专业，现在已经是某航空公司乘务长了。而且无巧不成书，我亲妹妹也在那家公司，一度还当过她的组员。我妹妹和她情投意合，张口闭口叫姐，有时候说走嘴了叫嫂子。

心累！

跟学姐谈恋爱的时间比较长，也是因为那段时间我心猿意马，早已经准备好去北京工作，并不会在学校待多久了，也就没有时间去挖掘新的女朋友。另外一个原因是学姐当年也挺漂亮，还特别乐意帮我，时不时辅导我学习。所以，另一段和高中同学的异地恋就宣告结束了。到这时候，学姐才成为我唯一的女朋友。

后来我大四还没开学就去了北京工作，就等着毕业的时候回来拿毕业证。和她还有联系，不过也成了异地恋。你想，就我这种前科累累的人，风华正茂、年纪轻轻、血气方刚的小伙子，一个人孤身在外，肯定也闲不住。半年不到，北京的姑娘们也快让我把学姐忘差不多了。

学姐读研，当时有政策，研究生二年级的时候，需要到国外做一段时间支教志愿者。有了支教经历，回来才能写开题准备毕业论文，给毕业证和学位证。她当时选择了去南亚某国当数学老师。

她的学校在偏远地区，比较原生态的那种。刚去的时候还挺兴奋，那时候没有微信朋友圈，拍的照片清晰度也不高，她天天在QQ空间和人人网更新照片，还发给我看，让我看蓝天白云山川有多美，还给我邮寄了一个当地民族的帽子。可没过多久，她胃病犯了，据她后来说当地一个华侨骑摩托车送她去医院就走了三个小时。这一病就感物伤怀，电话里觉得自己空虚寂寞冷。正巧我那时候刚准备从第一家公司离职，新工作已经找好了，入职时间也不着急，我就想，出国陪她玩一段时间。

我这人最大的毛病就是不会拒绝。

我一直以为她去的地方只是一个普通县城，万万没想到，一路上山路崎岖，蜿蜒起伏。我坐飞机到首都好多个小时，坐着大巴又熬了好几个小时，到目的地都快夜里了，只能找宾馆住下，第二天又从县城坐大客车到她那。

等我人到车站一下车，她就在那等着我，还故意穿着当地的民族服饰。我把她感动坏了，她本来眼睛就大，宛如一轮明月，眼角兜不住眼泪，有多少淌出来多少。我心里就骂自己，大老远的你说你图啥？

这两个月，她上课，我也偶尔给孩子们上课，毕竟我也是大学毕业。她教数学，我教汉语。这里的孩子少，分班不像中国把年级分得特别清，只能混在一起上课。看起来像蒙台梭利教育，但实际上当老师的很不容易。

支教结束，我们一帮人临走的时候，一位负责安排我们生活的大哥给了我一把小刀。因为我平时吃饭都用筷子，大哥表示“你这吃肉不方便啊”，递给我一把。他看我把玩着喜欢，就把这个事放在心上了，偷偷打了一把。

刀鞘是用牛皮做的，点缀着几个小孔。小孔用铜丝圈或银丝圈箍住，之间彩线穿插连接形成很简单的几何图案。刀是手工做的，刀柄有四块蓝色玛瑙石，打磨好了匝在刀柄上，四个手指握刀正好契合，不易脱手。刀尖很尖锐，走线却很圆润，毕竟不是杀人的刺刀。当地男人用这一把刀吃饭、切割、屠宰，干什么都用。

大哥送一把刀给我，证明这两个月我传给他的20G日本小电影充分增进了两个成年男人的战略互信，也让两国青年的情感，借助大和民族的艺术得到了升华。

大哥和几个当地人把我们一直送到了县城，我们坐中巴，他们几个骑摩托。真成了亲兄弟，亲兄弟也没这么送别的。小城虽然有机场，但是航线很少，就这么的，我和学姐还有六个同学，在县城坐上大巴车准备返程。

我们的目的地是首都一所学校，支教志愿者要在这所学校先行集合，再成批飞回国。因为飞机是第二天一早八点多的，所以学生们需要在学校宿舍凑合一晚上，第二天一早出发去机场。

大巴车到了长途汽车站，我们下车后，打了一段出租车到城中心。有两个女生说太饿了想在这里吃饭，于是就辗转到广场附近的一个餐厅吃饭。我们坐了好几个小时的车，也是累坏了，吃的时间也就长了些。快吃完的时候，服务员过来说，外面可能出什么事了，你们赶紧吃完赶紧走吧。

我们走在街道上，发现已经开始有叫喊声和各种纷乱的噪声了，手机信号也突然全都没有了，偶尔往来一两个人也神色慌张。

想打出租车，可路上一台车都看不见。刚才还热闹的街道，这会儿空无一人。

好不容易拦下一个人，那人告诉我们，出大乱子了，好像有很多暴徒在攻击华人，打砸抢烧。

说实话，听到这话我直接就拉住他胳膊：“大叔，我们能跟你躲一下吗？”

大叔回答：“我要去接我女儿，你们跟我走更危险。”

完犊子了，人生地不熟，八个人，六个女生。另一个男生一看就是好学生，从小都没打过架，五百度的眼镜片跟啤酒瓶子底一样厚，真打起来这哥们儿肯定靠不住。

我当时心就凉了半截。

好在我之前坐飞机来的时候买了一份当地地图。我一看从广场到学校也没多远，三四公里的路，我们低调点，走一个小时也肯定到了。昏昏暗暗的路，八个人，就这么一路摸到了工业园区附近。

远远地，我们看到几十个人正在烧着几辆园区附近停的车。整个马路沿线都散落着各种物品，有自行车，也有公文包，还有婴儿车和石块。所有的，我是说所有的门窗都紧闭，每一个卷帘门都拉了下来，室内所有的灯都关闭了，一瞬间感觉这个城市的所有居民都消失了，就剩下街面上的暴徒，还有我们几个人。

我记得好像那会儿有一个丁字路口，路口附近还有一个邮局。路口附近都是老式居民楼，这时候要是哪位大哥喊一嗓子，我们马上就会跑到楼上去保命。可所有的窗户都关着，没有一个人。我们也不敢喊，不敢求救，最关键的是他妈的电话没信号！

那几十个人烧完了车，开始向我们这个方向缓慢移动。女生们已经吓到不会哭了，一个个只会急促地呼吸。

坦白说，我当时真想跑了。这架没法打呀，完全没有胜算。可我要是跑了，那个书呆子小眼镜我不心疼，那几个姑娘怎么办？以后我怎么混？我还有什么脸出去撩妹子？当时的信息闭塞，我不知道这帮暴徒想要什么，是强奸还是杀人，哪样我也不能跑啊。这要是跑了，以后就没法吹牛皮了。

我媳妇儿当时相对来说比较镇定，她还知道把背包扔地上，一旦要跑能跑快点。那几个姑娘完全傻在那了，背着大背包，呆呆原地不动。

我把那位兄弟送我的小刀拿了出来，攥在手里，扭过头对已经快尿裤子的四眼仔说："别他妈跑啊，你要敢跑我先捅死你。"

这孙子之前还一度想勾搭我媳妇儿，我早就看他不爽了。

那帮人好像也看到了我们，他们又往我们这边似有目的似无目的地移动了一百多米。事后我估计，可能是因为他们也分不清是不是自己人，毕竟隔了将近一百米。他们往我们这走走，我也就拎着刀往前走走，他们停，我也停。《空城计》怎么唱的？左右琴童人两个，我是既无有埋伏又无有兵。

就这么相互揣度了十几分钟，他们也没往我们这边来，我也没敢乱动。我现在想想，他们应该是盯住了一家小工厂，认为里面有人，想把卷帘门的锁砸开，主要目标不是我们。如果他们冲过来，我大概率应该是先捅死一个然后就跑，把人往我这引，给那几个姑娘逃跑的机会。当然那个四眼仔也要留下，他不能走，凭什么我玩命他带着妹子回去过好日子。我应该不会像电影里的英雄一样硬扛着被丧尸淹没。一来我不知道他们目的是什么，没必要这样牺牲；二来，我还没活够。

丁字路口突然拐过来一台小面包车。车在我们身边一闪而过，又突然折回。司机是一个华人面孔，打开车窗，用中文招呼着说道："快上车！"

容不得多想，八个人飞快上了车，这帮书呆子还背着大背包，我都骂人了："你们是不是傻X，把行李扔车后面，别背着，快点上车。"这应该是我有生以来唯一一次用这么脏的话骂女生。

马路斜对面的几十个暴徒，正在看着这边，我估计也就八九十米的距离。

我坐上副驾驶，刀一直在右手，藏在身侧紧紧攥着。我就想，如果司机敢把我们卖给暴徒，我先一刀解决了他。

车跑起来，司机师傅才说："你们要去哪？"

我答："XX 学校。"

他说："那边不能去了，乱得很，很危险。"

我问："那哪里安全？"

他答："我给你送到警察局吧。"

听到这话，我稍微安下心。在路上，他一边开车一边说："我看你们在那站着，一会儿害怕肯定要走小路。小路最危险，已经死了很多人了。你们进了小路，两头一堵，跑不了的。这样，我才停车叫你们。"

这位华侨大哥在当地做蔬菜批发，现在是我们两口子的亲大哥，逢年过节都要打电话给他。可也是因为生孩子和工作等一系列事情，我们两口子一直就没再见过他，这一晃，十年过去了。两年前他和爱人来北京旅游，还联系过我，可实在不巧，当时我在杭州工作，又错过了。

就这么的，他把我们送到了警察局，这里一来人多，安全，二来有战斗力啊。我们几个人就在这找到了当地警察，因为已经离飞机起飞时间没多久了，警察送我们去了机场。八点多，我们的飞机准时起飞。

等飞机安全落地，开机后手机才有信号。所有人的手机短信都被发爆了。家里人都联系不上我们，打电话都是无法接通，家长、学校老师甚至外交和教育部门的领导都急疯了。

各自报了平安，便解散了。因为是七月，学校也放假了，我媳妇儿非要让我送她回家。她家离沈阳城区很近，说实话我有点不情愿，这也是我为什么要匿名回答的原因。我心说老子还没玩够呢，我还想多泡点年轻妹子呢，我才二十三啊。

到了媳妇家，准老丈人初步了解了当时的情况，酒桌上我刚倒一杯他就喝一杯，说：“你是本科，她是硕士，学历不是问题。”

我倒了一杯酒，说：“叔叔，我现在的工作一个月工资才三千块钱。”

准老丈人干了一杯：“钱算啥，莫欺少年穷，以后慢慢挣钱呗，再苦还能吃糠咽菜啊？有鱼有肉有米有面就是好日子。”

我又倒了一杯酒，说：“叔叔，我还没钱买房子呢。”

准老丈人又干了一杯：“有人才有家，没有人，买个故宫给你，那也不是家。”

我再倒了一杯酒，说：“叔叔，我跟我爸商量一下行不？”

准老丈人：“商量啥？我这都把女儿给你了，我也不提聘礼啥的，你还商量啥？我就是觉得我把我女儿交给你，放心。你觉得我女儿配不上你吗？”

我连忙说：“配得上，配得上，我配不上她。”

准老丈人：“那就行，你跟你爸说一声，下个月我请几天假，带上两酒一肉，我和你姨上你家去提亲，不用你爸妈来。”

我媳妇儿知道我什么德行——见到漂亮小姑娘就走不动道。渣吗？渣！可这么多年过来了，孩子都会打酱油了。这娘们也知道用什么办法可以镇住我了：把儿子摆在前头，你在你儿子面前要脸吧，要当个好爸爸吧，要树立一个正直负责任的形象吧，你就不怕老了没人管？你就不怕你儿子将来在你病危的时候给你拔管？

哪有什么渣不渣，你不是他的牵绊，他当然会渣。

你成了他的软肋，他才是你的铠甲。

—— 真正的英雄主义，就是在认清
生活的真相后依然热爱生活。

世界依旧黑暗，但我不再畏惧孤独

我用手把塑料袋从中撕开，然后坐起来大口喘气，浑身汗湿。

2008 年的自杀未遂这件事永久地改变了我。

那年我十八岁，距离我十五岁来到这座陌生的城市，同父母离异后七年未见的父亲一起生活，已经过了几年浑浑噩噩的日子。十八岁生日那天阳光很好，秋高气爽。上午，我一个人默默地去献血，从填写献血证的护士口中听到了成年后的第一个生日里唯一的一句“生日快乐”。

其实当时我已经被第二所学校开除了。学校通知了好几次家长，父亲也没有去过，学校只好直接开除我。我初恋的姑娘已经离开了这个城市，正在准备出国事宜。然后，我这个“新晋成年人”，在那年圣诞前夕，彻底被孤独打败了。

在本该躁动而自我的青春期，我突然感受到被全世界抛弃的那种恐惧。

那段时间，我的脑子里一直充斥着加缪的一句话：“死亡才是真正严肃的哲学。”当然在那种情况下，我已经无法正确理解这句话。

那晚，我写了四封长信，对象分别是父亲、母亲、初恋和自己，字里行间充满着孤傲和洒脱。

我把四封信整齐摆好放在父亲的办公桌上，因为没有自己的房子，所以我用偷配的父亲办公室的钥匙进来了。那时我心里满是对他的失望和恨意，所以决定把自杀地点选在他公司以此来嘲笑他。

上到 28 楼，我坐在栏杆边抽支烟。跳楼是我早就想好的方式，果断决绝，丝毫不能回头。

可能是冷风把我吹清醒了，也可能是我压根儿没有那个勇气，我抽完大半包烟，看着楼下从车水马龙到灯光渐暗，始终没敢再有进一步的动作。脑子像突然发动的机器一样思考了很多问题，当然都是满满负能量。

现在回想起来，差不多就是四个字，生无可恋。

后来，我终于给那次失败的自杀行为找到了借口——当年还是帅小伙的我不太愿意死成一摊豆腐渣。

于是我决定执行 B 方案。

回到办公室，我吞下了之前找父亲的员工要来的三粒安眠药。当然那玩意儿到底是安定片还是安眠药，我那时候并不能分清。睡意来

袭的时候，我用塑料袋套住头，用胶带封住脖子，只留了一丝缝隙保证入睡。

那段时间真的很漫长。

真的很漫长。

我在沙发上静静地躺着，任凭睡意一波一波冲击着我。过了一会儿，身体似乎渐渐睡着，但脑子却依旧有一丝清醒。我能清晰地感受到塑料袋里越来越闷热，潮湿的袋子随着我的呼吸一起一伏搭在我的鼻尖上。我试过睁开眼睛，但睫毛沉重，一如这段时间我感受到的绝望。周围什么声音都没有，世界仿佛进入了绝对的黑暗和静谧，只有鼻尖的湿润和黏腻。

又过了很长的时间，仿佛几个世纪那么长，我感觉我能看到周围的东西了。当然说“看到”是不准确的，因为我的身体完全接收不到大脑的指令，但还是明确感受到周遭纯粹的黑暗，周围的桌子、椅子、沙发和门，所有的东西我都能看到，并且视角在办公室正中心的上方。

那种感觉非常奇妙，甚至有些奇幻，仿佛不是用眼睛在看，而是在以空气为介质去感受。

但我当时没有沉浸在这种奇妙的感觉中，因为，我“看”到，门口有一个黑色的人影。

这非常矛盾——我感受不到门是开着的，但那个人影就像一块门板一样笔直地站在门内，微微垂头。他也在“看”着我。虽然他的视线没有对准我，但我知道他在“看”着我，看了一个世纪那么久。

那时候，我的身体似乎无视了一切大脑的指令，只剩下轻微的呼吸在进行，连手指都不能动。当然这是后来回忆的，在那个当下，我似乎也没有要动任何部位的意愿。

我们就这样在停滞的时间里互相感受了很久很久。

很久很久。

然后，在仿佛几个世纪的时间过去之后，他突然，扭头消失了。不是走掉，就是那么一转身，消失了。

随后我的四肢立刻重新连线，大脑马上恢复掌控，随即脑子里一个念头出现——我要活着，我不要死。

身体动作赶在了我的思维之前，我一把撕开脸上的塑料袋，然后坐起来大口喘气，浑身汗湿。

世界依旧黑暗，但我不再畏惧孤独。

以上就是全部过程，之后我就找了一个 KTV 去打工，后来考上了大学，现在拿着学士学位在一线城市像千千万年轻人一样工作生活。

这么多年，我从来没有完整回忆过这个过程，也从来没跟人说起过这段故事，其一是觉得人家未必愿意关心你的事儿；其二是现在想来，当时无论是做法还是想法都是极其幼稚的。

我至今仍旧无法定义这是否算一次严格意义上的自杀，但这件事对我自己人生观念的冲击是巨大的。它带给我印象最深的改变是，后来我回家继续高三学业的时候，我的舅妈，一个睿智的机关干部，十

分肯定地告诉我的家人："你们别替他担心，他长大了，从眼神里就能看出来。"

这期间我经历了许多奇妙的体验，仿佛大梦一场，却又那么切肤入骨，原谅我无法一一分享。

终于说出这个故事，顿觉全身轻松。我很幸运，在生命的"最后一刻"以那种奇妙的感觉重新认识了生活，同时也让肉体继续存活了下来。但还有很多同样绝望心死的人，直到最后也没有感受到这个世界的善意。做这件事之前，我以为死是需要勇气的，但现在，我知道，活着，比起自我了结，需要更大的勇气。同样，对这份勇气的回报，也大到让人惊叹，让人流连忘返。

世间百味皆是珍馐，愿与诸君共享。

——真正的英雄主义，就是在认清
生活的真相后依然热爱生活。

别人家的乖孩子

希望每一个对家人失望的人，都还能够在失望里看到希望。

女儿出生的时候，我觉得她只要开开心心地过完一生就可以了。

她小时候很聪明，很有灵气，虽然有时会调皮捣蛋，但绝对是个讨人喜欢的小孩子，很有礼貌，同理心很强，也很爱笑。跟她讲话她会听，犯了错误她会过来跟你郑重其事地道歉，读幼儿园的时候她也总是能考满分。

小学时候的她有些贪玩，作业太多的时候还会撒谎说学校没作业。有一次我打电话跟老师核实，知道是她在撒谎后，一气之下打了她一顿，她终于听话了。

刚上初中的时候，我想办法给她找了一个教学质量很好的班，她

在班里排前几名。可是初一下学期，她的一个同学因为谈恋爱被班主任当堂辱骂，被迫转班。可谁知道这傻孩子就爱打抱不平，给她的班主任写了一封抗议信。她们班的一群孩子知道后也不嫌事大地附和她，最后东窗事发，她的班主任把我叫到了学校。

这位班主任在我去学校之前，罚我女儿做了几百个深蹲。于是，我跟班主任详细地解释了这件事的来龙去脉，让我女儿给班主任道了歉。回家后女儿告诉我，班主任也在班里跟她说了对不起。

但是在这之后，她就开始不爱学习，我认为一定是因为她总是偷看漫画和小说。于是屡教不改之下，我撕了她的漫画和小说。可她依旧不学习，成绩一落千丈。她的任课老师打电话给我，说最简单的题她也只考了二十分。

我也是一名老师，她要学的知识我还记得，我开始看她的课本，每天布置习题让她做，教她怎么学习。

后来直到她读高中时我才知道，原来她的班主任在那一次事件之后，总是找理由惩罚她，让她跟一群不爱学习的孩子坐在一起，点名的时候也刻意跳过她，还有意无意地让班里同学不要跟她走太近。我听到这些的时候都是很久之后了，但还是暗暗心惊。

初三的时候，她的成绩连考上高中都困难，我和她爸爸很着急，对她的耐心也越来越少，而她的叛逆心理却越来越强烈。我没收了她的手机，她就偷手机去玩；我给她买的学习机，她用来看小说；我不停地跟她说“你要学习，你这样连高中都考不上”，结果 500 分录取线她只能考 200 分，靠记下常识都能得 40 分的化学前言，她只得了

15 分……可她好像并没有意识到问题的严重性，而变得阴郁暴戾，不仅说话带刺，还敏感易怒。

她已经好久没笑过了，她每天很早就去学校，好像很不愿意待在家里一样。

但我还是陪着她学习，每天陪她熬到很晚，却没想到她只是在英语书下压着小说看。被她爸爸发现时，她低着头不说话，一直到她爸爸和我准备熄灯睡觉时，她房间里的灯还亮着。

距离中考还有四个月的时候，她自暴自弃地跟我说，她要是考不上高中就去读职高。

那天，我跟她聊到很晚，我告诉她，以前我的成绩一直很好，但是当时我家的条件并不能供我读上大学，再加上我母亲生了大病，所以我才选择读师范中专，因为师范中专不仅有补贴，还能分配工作。但我曾经真的很想考大学。

不知道是不是我的话触动了她，第二天她放学回来跟我说，她想把位置往前调，她想补一下课。我同意了，我打电话给她的班主任请求帮忙。

从那以后她开始学习了。她不停地问我题，不停地学习，后来每隔一个月的模拟考，她的成绩都比前一次多一百多分。我重新看到了她读高中的希望。中考成绩下来的时候，她的分数压了录取线，这就意味着她很难报到高中。

她不在家的一个晚上，我想办法找到了当地一所普通中学的校长，希望能录取她，校长询问了她的分数，很轻蔑地对我说，她的分

数考得太低。我跟她爸开始不停地想办法，意外地找到了一所很好的高中，只是以她的成绩，读那样的高中学费会有些贵。

但她却好像从得知中考成绩的那一刻，便开始一蹶不振，她说她不读高中了，她去读职高算了，她每天在家里的活动除了玩电脑就是看小说。

那一瞬间我是真的很失望，这么多年来，其实我曾无数次对她失望过，在她学会了撒谎的时候，在她乱花钱的时候，在她“不学无术”还自以为很个性的时候。我为她付出了那么多，不停地拉她回正途，可是她又做了些什么，不求上进、自甘堕落，我是那样希望她开开心心地过完一生，可是她这样做我又该怎么说？我到底养了个什么女儿？跟她吵架的时候，我甚至能被她气得哭出来。

可我总是不停地失望，又不停地去关心她，想拉她一把。

我没忍住，跟她讲了我去求校长的事，她沉默了很久很久，跟我说，她愿意去读高中。

我就是那个女儿。

我知道这么多年来我父母付出了很多。

他们其实很爱我，虽然有时候方法并不正确，甚至表达方式带着一种具有伤害性的偏激。

但我总觉得这么多年来，我们之间产生的摩擦，我们各自都是有错的。

我总是在等他们的一句道歉，但是我其实也欠他们一句道歉。

我相信这么多年来，他们肯定无数次对我失望，就像我偶尔也会对他们失望一样。

当事情没有朝着你预想的方向走，失望感就会油然而生。

但是我也很感激，在这数不清的失望里，我们总是在原谅和帮助彼此。我们都是含蓄又不善表达的人。可能一句“对不起”我们一生都不会说出口。但是从一言一行里，我们都能看到彼此的付出，和拙劣地想要表达爱的心情。

其实这就够了。

希望每一个对家人失望的人，都还能够在失望里看到希望。

—— 真正的英雄主义，就是在认清
生活的真相后依然热爱生活。

深渊

我内心冷漠，对任何人都没有依赖，我的内心有一个巨大的黑色深渊。

我是一名抑郁症患者，还掺杂着些许强迫症的症状。

我表面上看起来特别开朗，是周围人的开心果。从高中到大学，我都是宿舍里话最多的那一个，脾气好，接“梗”快。

但是只有我自己知道，我不是这样的人。我内心冷漠，对任何人都没有依赖，我的内心有一个巨大的黑色深渊。

我很反感同任何人交朋友，讨厌与别人一起上厕所。我假笑都是为了维持我表面的社交活动，其实我的内心并不想与任何人走得太近。曾经有一个室友很喜欢我，她总是喜欢捏我的脸，出门喜欢挽着我的胳膊，我都是任她挽着，但是只有我自己知道，我被挽着的胳膊很僵硬。

她的零食大多都给了我，我“挂科”她比我还急。虽然现在想起来满是感动，但当时的我内心冷漠，常常一个人陷入极大的悲伤之中，内心压抑着嘶吼，有时候会莫名其妙的不理人。

这是我大学时期的状态，但是相比于高中时期，已经缓和了很多。

我患了抑郁症，从来没有人知道。我患病的表现只是偶尔爆发的犟脾气，让周围人很不解，而我平时嘻嘻哈哈的形象又会让他们不再多想。

我的高中阶段是病情最严重的时期。我的抑郁来自家庭，父母不稳定的婚姻，生活的贫穷，母亲的责骂，都让我每日惴惴不安。

我小学时喜欢看各种各样的书，由于家里很穷，没有小朋友愿意和我说话。那时候的我总是穿得破破烂烂。平日里即使是在大马路上，我妈也是想打我就打我，想骂我就骂我。我很害怕被同学看到我妈打我的模样，所以也不敢主动和别人说话。我整天待在家里找各种能看的书，小学发的那种《思想品德》《自然》《心理健康》课本都被我翻了好多遍。再后来，我开始向别人借书看，我还记得自己四年级时，只花了一天时间就看完了一本《鲁宾逊漂流记》，还是那种 2 厘米厚的版本，看完以后，有意思的片段我可以整段背出来。直到初二之前，只要看过一遍的书，里面印象深刻的文字我都可以背出来。后来随着抑郁症和强迫症的加重，我感觉自己的记忆力变得很差，整个人的注意力也开始变得无法集中。

当时，我觉得自己的日子过得太惨了，所以脑海中会幻想出很多的场景，幻想我出生在一个有钱人家，爸爸妈妈都很爱我，我有漂亮的裙子，我还有很多的朋友。有时候坐在课堂上，我的脑海中就不自觉地开始幻想。这个幻想渐渐变得越来越具体，我又在脑海里勾勒出很多的有意思的事件。那时候的我大概十四五岁吧。

高中时文理分科，我的理科成绩很差，不想学理科。可是我妈说："你要是不学理科，就不供你读书了。"

我当时整个人都呆住了。

那种感受，即便现在回想起来我还是忍不住想哭。我的母亲，只会利用我的弱小、没有经济能力的现状来胁迫我满足她的心意。

学了理科以后，物理 100 分的卷子，我只考了 9 分。失去对学习的兴趣后，我开始嗜睡，一上课就昏昏沉沉。与此同时，我开始无法控制自己的思维，长时间陷入幻想之中。

在理科班，我遇到一个人，我觉得她是我人生的转折点。

她的人生轨迹与我完全相反。她在同辈中排行最小，非常受宠，十七八岁的她像个四五岁的孩子一样稚气未脱。

她的情绪表达非常直接，喜欢谁就会热烈地拥抱，不喜欢谁就坚决不理。

她很喜欢我，每次返校看到我，她都会热烈地拥抱我。这是一种我从来没有接触过的热情，让我手足无措，受宠若惊。

这种热情，不是那种对我笑笑然后夸我好厉害；不是礼貌性地对我说，你好可爱。而是距离我 20 米之外看到我就会笑起来，然后结结实实地给我一个持续四五秒的拥抱，甚至还会抱着我蹦跳。这是一个十七八岁的女孩，但她情绪的表达方式似乎还停留在四五岁。

我从来没有被人如此热烈地拥抱过。我第一次意识到，原来有人会因为看到我而开心。

我没办法拒绝她的热情。她笑起来的时候，眉眼完全是弯的，嘴巴咧得很大。她不会说“你很厉害，你很可爱”，而是说我笨，穿的衣服丑死了。

我和她做了一年半的同桌、一年的室友，我选择睡下铺，她就说，我要睡在你的上头。她晚上睡觉前，会说一句，我睡觉啦。有时候惹她不开心了，她就在上面踢床板。喝水的时候，要递东西的时候，她就会拖长了声音喊我的名字。冬天的时候，她会抱着被子下来和我一起睡，她抱着我的胳膊，我喜欢这种被依赖的感觉。那时候的日子还是很美好的，虽然我在受抑郁症的折磨，但是日子还是简单充实的。

她是个很可爱的朋友，可是在她高一的时候，她的爸爸被查出癌症。她很爱吃西瓜，但高二的暑假，她一整个夏天都没吃过西瓜。她姐姐回家的时候，她还委屈地哭了。你看，一个从小被家里呵护着长大的小朋友，知道家里经济紧张，就不再提自己想吃西瓜的事，可是最终还是委屈地哭了。

我直到高二都没吃过几次西瓜。有次暑假我妈买了一个西瓜，十几块钱，被当作金子似的放在冰箱里，吃的时候只切一小块，每个人都切得差不多大，不能切多了，否则会挨骂。要是没吃到白皮就扔掉，还会被我妈痛骂浪费。我不禁感叹，原来真的会有人因为没吃西瓜而委屈地哭了。我妈要是能心平气和地给我 50 块钱（大概是 2012 年左右一个星期的生活费），我就很感恩戴德了。有时候拿钱，还会伴有“成绩这么差，还好意思拿钱”，“辛辛苦苦供你读书，考得这么差”，“你活着有什么用”之类的骂声。有时候我买一个什么东西，就剩下 30 块钱，然后星期四中午就开始不吃东西了，只在周五早上吃一顿，剩下的等到回家再吃。

她父亲生病，家里经济紧张，她妈妈每个星期至少有一天，会中午骑半个小时的摩托赶过来送饭给她吃。每次她妈妈过来，我都会发出羡慕的感叹。这样的女人，在丈夫生病没有经济来源时，依然可以处理好自己的情绪，不迁怒别人，还能照顾好女儿的情绪。我真的太羡慕了。

说得太远了，大家可能还没理解我想表达什么意思。

我想表达的是，她从不信我有抑郁症。我第一次慎重而坦诚地告诉她，我经常不开心，我很难过。

她愣了两秒，然后捧腹大笑，说：“你刚刚这个最好笑，你居然还会有不开心的时候。”那一瞬间，我百感交集，内心其实很失望。我非常渴求有一个人能够理解我，听我诉说，但是没有，就连我最信赖的她都没能理解我。

但是事情过去这么多年了，回想起来，这样也是很好的。

她家庭和睦，情绪表达直接，但对人情世故、对需要做决定的大事，她总是会顾全大局，处理事情的能力远远比我强。

她从来不迁就我的情绪，每当我陷入烦躁，开始抱怨的时候，她老是直接对我抗议。在讨论某件事情，我的想法很消极可怕的时候，她就会当场指出我的想法很可怕；当我陷入某种情绪，不想理她的时候，她就一直闹，一直撒娇；我不想帮她拿东西的时候，她就一直夸我，给我戴各种高帽子。我要是不帮她，她可能会连续夸我两个小时，没有任何的不耐烦，一直笑意盈盈，夸得我整个人都受不了。这样软软的她让我怎么拒绝。我在做一个决定，很自私没有考虑别人的时候，她就会很生气，问我怎么这个样子；我开始诉苦抱怨的时候，她就直接打断，让我措手不及——“你能不能不要这么悲观，絮絮叨叨的像个老奶奶，赶紧说个笑话。”

每当这时，即使我内心深处还是很伤心的，但还是会依着她，开开心心地说个笑话。

还有太多太多类似的事。她的“三观”正、脾气大，她从不包容我的错误与阴郁，她会热烈地抱着我。

她的笑容与愤怒相互交替，她的情绪总是直观地告诉我，这样做是对的，那样做是错的。

每次有“黑狗”附在我身上的时候，我总会被她骂；每次我表现

出自己本该有的样子时，都会被她拥抱。我贪恋她的笑脸和温暖，所以我努力调整自己，努力让自己开心，做事逐渐学会考虑别人。努力缩小“黑狗”存在的空间。

这里，我想提出一个观点：

抑郁症是“黑狗”。

病人是一个人。

家人和朋友，陪伴鼓励的应该是这个“人”，而不是“黑狗”。

属于人的正常情绪出来的时候，身边的人应多给予鼓励和陪伴，尤其是拥抱，这种肢体接触最有力量。

当“黑狗”冒出来，病人开始絮絮叨叨的时候，会很消耗别人的耐心与爱心。此时作为朋友无须忍耐，可以直接打断表示不想听，或是让病人自己冷静一下。

要陪伴那个“人”，无须接纳那个黑暗冷漠抱怨的形象，因为这不是“人”的真实面。

总之，请给这个人无限的爱和鼓励，但请痛打“黑狗”。

当然，这只是根据我自己的切身体会阐发，并没有科学论据。对于病情严重的病人，还是要密切关注。

她的存在，极大地延缓了我病情的发展，自从上了大学远离父母以后，我的病情开始逐渐好转。很多次难过的时候，我就想象她的笑脸，每当我无法做决定的时候，就会想如果她在这里会怎么做。

我逐渐变成她的模样，笑起来眼睛成了一条缝。

我学习她的口气软软地撒娇，我的审美也向高中时期的她靠拢。

我会大胆地对不喜欢的事和人说“滚蛋”，也努力地去尝试热烈地拥抱我喜欢的人（虽然做到这点真的好难）。

做决定的时候，我会想着怎样做对大家都好，也学会了表达自己的情绪和需求，对服务员甜甜地说“谢谢你”。

我学会了示弱，面对夸奖也会装作害羞地笑。

我不再是那个木讷的、呆呆的自己，面对人际交往，也不再是十三岁时手足无措的模样。

最后，我们不是同性恋，现在的联系也少了，但她存在在我的生命里，从某种意义上改变了我，给我带来了生活的另一种可能性。可以说，是她塑造了今天的我。

今年她的宝宝 1 岁啦，可惜我对她老公无感，结婚时给了她 1200 元的红包，还特地备注了一下:“这个钱是给你的，你要是让你老公用了，咱俩就绝交。”

我现在也有稳定的男朋友啦，生活很开心。

祝所有抑郁症患者的病快快好起来，所有陪伴他（她）的小天使们也要开开心心。

——真正的英雄主义，就是在认清
生活的真相后依然热爱生活。

你还在想前男友？

“渣男”就是“渣男”，裂痕还是裂痕，不合适还是不合适。你回头只会打乱你的生活，只会干扰你练金钟罩。

分手后，我从天天以泪洗面到恢复正常生活花了 8 个月的时间。

结果只是跟前男友通了个电话，那些咬着牙过来的日子瞬间全部白费了。

在此期间，我努力改掉了很多坏习惯，学习了新的技能，交了新的朋友，按时吃饭，再烦躁也不抽烟，难过就听听歌、找人吐吐槽，总会有解决的方法。我觉得自己的日子好像变得更好了，原来没有什么困难是过不去的。

我跟好朋友打趣：“老娘现在有多牛，早就忘了‘劈腿狗’。”

两个月后的一天早上，我开机后收到了几条短信，内容显示前男友凌晨给我打了三个电话。我立马删掉，然后锁了屏去洗漱上班。

结果一整天我都在不停地折腾手机，一会儿开飞行模式一会儿关机。

下午，电话终于响了。我将手机上显示的号码拿到同事面前一脸鄙夷地说："昨晚就开始打我电话，有病。"

前男友打了三个电话我都克制住没接，直到看见他发来的一条写着"车丢了，我求求你接电话吧"的短信。

……

那辆白色"雅马哈巧格"车是我们谈恋爱的第二年一起买的。骑着这辆车，我们几乎穿越了整座城市。

以前我总是冲他闹脾气，常常在路上"尥蹶子"，每次经过我们上次吵架的地方，还会指着那个地方说："我的伤心地。"

他总是会接上一句："那也是我的伤心地好吗！"真是个倔脾气。

有一次我生气，他骑车来找我，路上骑得太快，拐弯直接侧滑摔倒了，全身上下都是擦伤。当时车子刚换了一副鲨鱼板，前一秒还帅到没朋友，后一秒就被摔得面目全非。我看到他的样子，吓得不轻，在回去的路上，我一路都不敢让他骑快，一边哭一边说我们再也不吵架了。回家后，两个人在院子里花了两三个小时将车子换回原装外壳，结果差点被蚊子叮成两个包子，还乐此不疲。

收到他短信的一瞬间，这些回忆的画面又涌了出来，我难过得不能自已。

嗯！车丢了！

我哽咽地回了一条信息：“人都换了，车也该换了。”

自从与他分手，我每天下班回家也改变了习惯的路线，选择从小路走，为的就是避免跟前男友以及任何与前男友挂得上钩的人碰上。前男友喜欢的东西我都尽量避开，每一天都过得很刻意，刻意地避开有关他的一切。

然而每隔十天半个月，他就会打个电话或者发个短信来。每次他的电话铃声响起来，我都会任由它响，直到自动断线。

有一天中午我刚睡醒，一脸起床气，电话就响了。我顺手接起来问他：“你到底想干吗？”

“我想你。”（我现在打完这段对话都想笑。）

那天中午他喝了点酒，一直对着电话哭，结果他哭我也跟着哭。他问我为什么一直见不到我，为什么我一直不接电话不回短信。

我冷笑。是你要“劈腿”的，你现在反倒问我？

我发现所有前任回头找你时，说的话都是同一款。无非是他不开心，他很后悔，他很想你，他忘不掉你云云……

敢问他小日子过得风生水起的时候会想到你吗？

这期间我朋友一直叫我挂电话，朋友说：“他说他忘不掉你是不是？那叫他跟现任女友分手啊，你们聊了一个小时，我就只听见他嗷嗷哭了一个小时。”

不知道是不是只有我这样，当时被劈腿的时候我毅然决然地选择分手，没转身看一眼，管你是和我谈了 7 年还是 17 年。但是后来每当他联系我一次，我的防线就又后退了一步，仿佛整个人好不容易练起来的金钟罩正在一点点瓦解。

圣诞节晚上，我喝得有点蒙。回家路上我拨了他的号码，同时在心里跟自己约定只给他打一个电话。

没人接。

我没忍住，又打了三个。都没人接！

第二天，他回了电话给我。我不得不承认，其实我一直在等他这个回电。

晚上 11 点，我打着哆嗦下楼，看到了我的这位半年多没见的前男友。我站着一言不发，却闻到了那股熟悉的味道，哽咽到说不出话来。

他一把搂过我说，胖子啊，见到你真好。

我努力挣脱他，还是不说话。

他说胖子，我没吃饭，你陪我吃个饭吧。

我还是不说话。他拉着我，把我塞进车里。我一路都没跟他讲话，不是我想说，是怕一张嘴就会被他听出全部的心事……

说实话，我当时想起看过的那些"鸡汤文"，不是都说什么两个人分手后再也回不去了吗？然而我当时满脑子想的却是，真好！看到他真好！他回来真好！全是这种念头！

然后我们"复合"了，他过起了同时有两个女友的日子，我过着"被小三"的日子。（摊手）

他说因为和现女友双方已经见过家长了，所以分手不是他一个人

能决定的事，有点难解决，但是他一定会解决掉的。我只是笑笑，一脸温柔地说没事，我怕你为难，不行我们还是回去各过各的吧。

他一脸坚决："不行！我不要再跟不喜欢的人一起了！"（现在想起来，我的这位前男友的演技还真是一流啊。）

我甚至一度觉得，肯定是因为我之前太"作"了，他才会"劈腿"。所以这次复合后，我一改往日的小女生作态，变得善解人意温柔体贴。

事实证明这并没起作用。

那阵子，我们相处得特别好，从不吵架，他几乎天天黏着我。换作以前可是我怎么求他，他都不会有时间陪我看电影吃饭的。

他每天接我下班，我们一起去超市买菜、买速冻牛排、买红酒……我们还会一起去朋友家吃饭，一起看电影……

大年三十，他现女友打电话给我的时候，我正在外地。接起电话，我冷冷地说："想知道我跟 XX 是什么关系，你自己去问他喽。"

可是过了初五，他也没再联系我。我慌了，翻遍了那女生的微博，眼泪止不住地往下掉。朋友安慰了我一下午，我还记得朋友说："你怎么弄得像又失恋了一样。"

后来我反应过来，对啊，我只是又被骗了一次而已，还真以为是在跟他谈恋爱吗？

我发了短信给他，说谢谢你这阵子的照顾，再见。

他依旧叫我等他。

后来我也看透了，知道他一直在骗我。但这是我自己犯傻，还能怪谁呢?

后来他还在一直纠缠我，即使把证据放他面前，他也不承认自己是在骗我。

那天我真的发火了，被同一个人骗了一次又一次，对方还是与我有那么多年感情基础的人，我真的不懂他为什么这么做。

他站我面前说:“打我吧，我应得的。”

我没想到我竟然真的下得了手!

可能是因为已经忍了太久，我甩手朝他的脸就是一巴掌，打得我手发麻。

我声音颤抖着问他，为什么要骗我两次?他答不上来。我气不过，甩手又打了他好几巴掌。随后我拨通了他女友的电话，把所有事情讲了出去，当天晚上甚至闹到警察出警。

我记得当时我爸背对着路灯看着我，我看不到他的表情，只能看到他点着的烟。

我爸问我:“这就是你爱的人?恶心不?”

再后来，我跟他的现女友莫名成了朋友，有天晚上我们碰到了，聊了3个多小时，按时间顺序把所有事情捋了一遍，其实真相就是那男的一直在两边骗、两边哄。

后来又过了两个月，这女生怀孕了，天天在微博上发孕吐心得，有一天还放了张婚纱照，看到照片，我的心里“咯噔”一下……

知道他女友怀孕的那天，我跟朋友相约去看电影。屏幕上放的明明是部动画片，我却痛哭流涕，一边哭一边说，这电影真感人啊!

如果你也在纠结与前任该不该联系这件事，估计你跟我的情况差不多，心里肯定还有不甘，肯定放不下这个人。你在反思是不是自己从前的错误逼走了对方；是不是他也变了，他也在想念你；是不是当时提分手太冲动，是不是“劈腿”还可以改正，甚至可以被原谅……

然而这些想法并没有用！

“渣男”就是“渣男”，裂痕还是裂痕，不合适还是不合适。你再次回头只会打乱你的生活，只会干扰你修炼“金钟罩”。

你要是问我后不后悔复合，我会说不后悔。因为如果不是这样，我也不会明白我现在所讲的道理。

所谓复合，就是把所有的伤心难过和伤害全部重新经历一遍，你确定你能承受得住？

我有时候在想，我究竟爱的是这个人，还是爱这个人带来的回忆，或是爱自己与这个人在一起的习惯。何必对自己这么狠，狠到连曾经捅自己一刀的人都能原谅，已经吃过的亏也愿意重新点餐再装盘。

别联系前任，别让这个人扰乱你。

我们不是都坐过公交车吗？请记得这一班走了，后面还会有无数班！你随时随地都会遇到可爱、有趣的人，也会觉得一个人生活也很好，自己还有很多事可以做。

世界那么大，你居然还在想着前男友？

姑娘，人都是自私的，你也要为自己着想。请照顾好自己。

FONGHONG
凤凰联动出品